# CARROUSEL

## Livre - VIII

## Madame Godberg

## Michel LAMPLE

ઝ V1.4.5 ଓ

Rév: 3 Octobre 2023  V1.4.5

ISBN: 978-2-9585610-9-3

Dépôt légal : Octobre 2023

*À Hervé, Pierrick et Lucien,*
*Bon voyage à eux dans l'existence*

# Chapitre I

# Le collier

A LLEZ… ALLEZ» s'impatientait la Bête. Elle s'était
assise en tailleur sur son rocher de granit, et avec
hargne, encourageait son petit grillon : accroché
au cou de sa Bête, celui-ci s'agitait sur la serrure de son
collier de vieil acier et de perles noires.

— Mais dépêche-toi donc ! répétait-elle encore.

Sauf que le grillon tirait surtout la langue : il avait
beau plonger sa patte la plus longue dans le coffret de
métal, triturer, taper et trifouiller… il n'arrivait à rien
avec le mécanisme récalcitrant qui maintenait le collier
de la Bête accroché à son cou.

— Tu m'avais pourtant affirmé que c'était dans tes
cordes de crocheter une serrure ! s'énervait la Bête.

Mais dans son dos, le grillon levait les pattes en signe
d'impuissance. Il passa encore une fois sa tête par le trou
du verrou pour espérer comprendre ce qui se passait au

cœur du mécanisme; tout en tirant la langue, il y alla aussi de ses plus longues pattes pour tâter les rouages, et il y fourra même profondément le pied pour pousser tirer et appuyer avec force, mais rien n'y faisait : le mécanisme était bloqué !

Impossible de déverrouiller cette maudite serrure, et partant, impossible d'ouvrir ce collier d'esclave qui liait irrémédiablement la Bête à sa fonction de Gardienne des Enfers.

* * *

Les plaines des enfers, justement, —dont on ne peut pas dire qu'elles crépitaient de vie— s'étaient faites encore plus silencieuses : chaque âme sous son manteau de boue, chaque damné des limbes, recroquevillé sur lui-même sous son couvert de glaise en un monticule difforme de gros excrément, chaque esprit maudit tendait une oreille attentive à la scène par trop extraordinaire dont lui parvenait les échos depuis le sommet du promontoire, le refuge minéral de la Bête. De là-haut, jaillissaient des « *Alors... Ça vient? Ouiii... Ah!... Mais non... Presse-toi donc...* » ponctués, en réponse, par les soupirs du grillon « *Pffff...!* », ses infimes plaintes « *Gniiii...!* » et gémissements « *Gnarfff...!* ».

Mais aucune de ces âmes n'osa s'élever pour protester contre ce bruyant *allegro* qui tranchait avec l'habituel *andante* du schéol, et surtout, qui violait la garantie très contractuelle d'un silence absolu, propice à la mortelle solitude des esprits. C'est que tous les pensionnaires d'Hadès sentaient bien qu'il se passait quelque chose d'important pour la terrible gardienne, toute monstrueuse bête qu'elle était.

Ainsi l'infinité des âmes damnées —dorénavant, toutes inquiètes par contagion— écoutait, vibrait et soupirait au rythme des succès, et surtout, des échecs du petit grillon.

Là-haut, le petit insecte avait sauté au sol, et se présentait maintenant un peu penaud devant la Bête, son amie. Il marchait comme un vieux professeur à court d'idée, couvrant son échec par une allure quelque peu doctorale, la tête enfoncée entre les épaules et ses nombreux bras noués dans le dos. C'est à peine s'il osait relever un œil vers la Bête dont il devinait toute l'étendue de sa déception. C'est que cette dernière, refermée sur elle-même, avait enfoncé sa tête dans ses genoux avec des yeux fermés à double tour, sans même la place pour un sanglot... jusqu'à laisser tomber ses bras à terre, et lever un visage défait vers le ciel gris, avant de conclure dans un profond soupir :

— Alors je ne peux pas partir !

* * *

Un peu interdit, le petit grillon regardait sa Bête en peine, qui gardait les yeux plantés dans le vide en quête d'une invisible porte, une solution favorable à ses plans, irrémédiablement contrariés par la résistance de cette vieille et maudite serrure. Mais rien à faire, la sentence était sans appel ; elle secouait la tête submergée par une immense déception.

Le grillon stridula bien quelque chose comme « *Eh bien, pars et reviens vite !* » Mais la Bête rejetait cette idée :

— Non ! Mon Hans a besoin de moi pour longtemps, je le sais... je le sens. Il faut quelqu'un ici pour me remplacer.

« *Bzzz !* » fit encore le grillon en haussant les épaules. Ce qu'on aurait pu traduire —en allant à l'essentiel— par : « *Alors pars ! Tout va bien ici, les enfers sont en ordre et tu peux t'absenter aussi longtemps que tu voudras, personne ne remarquera ton absence.* »

— Bien sûr qu'on remarquera mon absence, répondit-elle dans une moue plus que dubitative en expliquant : le Passeur ne voudra jamais transporter de nouvelles âmes vers ce côté du Styx s'il n'y a pas une Bête pour les réceptionner, ça s'est toujours fait ainsi ! Ce qui va se passer alors, c'est que les âmes vont s'agglutiner sur l'autre rive, et tu penses bien que les limbes vont devenir un enfer !

Alors, le grillon se contenta de hocher la tête : effectivement, ici-bas, ça ferait désordre. De son côté, la Bête se prenait encore une fois le visage dans ses mains :

— Comment vais-je faire ?... Mais comment vais-je faire ?

Et puis, en se tournant vers le grillon elle lui demanda encore une fois : « *Vraiment, tu ne peux pas l'ouvrir ?* »

Ce dernier haussa les épaules en secouant sa petite tête ronde : non, le trop vieux mécanisme tout rouillé était bloqué.

— Mais ne peut-on pas le débloquer ? Il y a bien des produits pour ça non ?... j'ai vue que ça se faisait en haut !

Alors le grillon leva le doigt en l'air tout en ouvrant grand ses yeux : « *du fiel !* »

— Quoi, du... fiel ?

Oui, du fiel de bœuf : ses acides iront dissoudre la rouille et toute la saleté accumulée dans le mécanisme, et ses huiles fines libéreront les rouages de la serrure... de la pure magie !

Mais la Bête répétait encore « *Du fiel de bœuf !* » alors que le grillon expliquait que le fiel, c'est-à-dire la bile, ça se trouve dans la vésicule biliaire, et donc, dans le foie.

— Bien sûr que je sais où ça se trouve, faisait la Bête, la question est : où vais-je bien trouver un foie ? Il n'y a que des âmes ici, et quelques insectes... Euh, par hasard, tu n'aurais pas ça sur toi ?

Et comme elle lui demandait ça très innocemment, le grillon, d'abord apeuré, lui fit bien comprendre que son foie était trop petit pour fournir la quantité de fiel suffisante pour débloquer une telle serrure. La bête resta quelques secondes songeuse, puis déclara, résignée :

— Bon ! Eh bien, il n'y a plus qu'à aller en chercher là-haut !

* * *

Elle s'était relevée en hâte, et recommanda sèchement au grillon de ne pas bouger, pendant qu'elle partait à la recherche d'une... vésicule !

Les âmes des enfers, sous leur manteau de bourbe, se recroquevillèrent encore plus quand elles sentirent le pas de course de la Bête qui galopait vers le Styx, le fleuve des morts. Et quand celle-ci arriva au bord des eaux noires, le passeur, appuyé sur sa perche et dérangé dans son repos, jeta aussitôt un regard interrogateur en direction de l'autre rive : pourquoi vouloir traverser quand aucun client ne se présente de l'autre côté ? Mais la Bête, sans attendre l'invitation, monta dans la vieille barque vermoulue avec :

— Mais non, je ne vais chercher personne !

— ...

— Non plus. Ça n'est pas pour le business, je vais seulement faire mes courses ! Allez, magne-toi, que j'arrive en haut avant les fermetures.

Charon le passeur n'en revenait pas ! Lui, le glorieux batelier du Styx rabaissé à un rôle de taximan ! Lui, l'auguste compagnon de route des âmes damnées avant leur séjour éternel, le chevalier des eaux noires, qui recevait dans une suprême abnégation les confessions des pires criminels... Voilà qu'il était réduit à conduire la demoiselle du boss pour faire ses courses ! Quelle déchéance !

Par Dieu, les enfers frôlèrent un instant le mouvement de grève.

Ainsi, et malgré les protestations silencieuses —mais véhémentes— de son passeur, la Bête arriva bien de l'autre côté du Styx. Sans même attendre que la barque touchât la berge, elle sauta avec agilité sur la terre ferme avec un « *Tu m'attends, je ne serai pas longue !* » et s'enfonça dans les herbes hautes des coteaux qui remontaient dans la montagne. Dans son dos, le passeur accusait l'estocade du plus haut de son mépris. Mais se résolut quand même à attendre le retour de sa Bête qui s'éloignait en remontant d'arrache-pied les pentes grises de l'au-delà vers le puissant *Carrousel de la Vie*[1]

* * *

Quelque temps après —concept chargé d'incertitude ici-bas— la Bête toujours aussi gaillarde, fit son retour sur la barque. Une nouvelle fois, elle vint s'asseoir sur une des vieilles planches de l'embarcation avec un simple « *En avant!* » à l'intention de son Passeur qui n'en revenait toujours pas. Entre deux doigts, elle tenait, délicatement suspendue, —et à distance de son odeur nauséabonde— une petite bourse verdâtre et encore luisante, légèrement rebondie, et bien ficelée pour ne pas en perdre le précieux contenu.

Bien avant de toucher la rive opposée, elle se tenait déjà debout à la proue de la barque, et dès qu'elle le put, elle sauta dans les herbes, en se contentant d'un petit « *Bisous!* » pour son Passeur… lui, qui se trouva alors en proie à une soudaine et furieuse envie d'aller se réduire quelque part pour se rouler une cigarette.

Enfin, après une nouvelle course effrénée dans le territoire des âmes maudites, elle arriva haletante au sommet de son rocher. Là, sans attendre, elle laissa immédiatement au petit grillon le soin de grimper une nouvelle fois sur son cou, et de diriger sa main tremblante pour faire couler le précieux liquide sur l'ouverture de la serrure rouillée.

---

1. Carrousel – Livre I : *Le Styx*

II

Tout autour du promontoire, le gigantesque parterre d'âmes recroquevillées sous leur manteau de boue, tous ces maudits expiant le poids de leurs lourdes fautes, purent bientôt relever la tête pour écouter une bien étrange et bruyante conversation qui leur arrivait du rocher :

— En effet, ça n'est pas du fiel de bœuf, disait la bête.

— ...

— Non plus...

— ...

— Bien sûr que ça marchera pareil... Je l'ai choisi gros et gras, alors c'est tout comme !

— ...

— Ah, mais... c'est que ça pue ton truc !

— ...

— Ben si toi, tu en as plein les pattes, moi, je vais en avoir plein le cou !... Non mais parle-moi d'un parfum !

— ...

— Ehhh ! Mais c'est qu'il me pisse dessus l'insectoïde !

— ...

— Quoi, l'ammoniaque pour dissoudre la rouille ? Je ne veux pas le savoir !

— ...

— Toi le cloporte, tu arrêtes de suite ! On ne fait pas pipi sur les demoiselles... un point c'est tout !

— ...

Mais personne n'entendit la suite, c'est-à-dire, le tout petit « *clic* » d'une serrure qui s'ouvrait enfin !

Il y eut alors les cris de joie de la Bête qui était parvenue à retirer son collier de pierres : « *Ouiiiiii* » clamait-elle en sautant, en dansant et en portant aux nues ce carcan d'esclave qui avait enfin quitté son cou!

Mais elle était tellement pressée!... Elle se pencha vers son grillon, occupé à se nettoyer les pattes avec quelques herbes sèches —tout en se bouchant les narines avec ce qui lui restait de doigts propres—, pour le gratifier à distance d'un petit baiser, et s'enfuit aussitôt en courant, avec son collier dans la main « *Merci mon petit grillon, merci!* »

* * *

Contre toute attente, ça n'est pas vers le Styx et la barque du passeur que la Bête dirigeait sa course.

Bien au contraire : elle s'en éloignait résolument pour s'enfoncer à grandes enjambées vers les lieux les plus reculés et les plus obscurs des enfers : visiblement, elle cherchait quelqu'un en particulier; elle courait de droite à gauche dans le brouillard, essayant de se remémorer le chemin... le chemin vers une âme parmi les plus terribles.

Ainsi, pendant longtemps encore, elle navigua de tas de boue en tas de boue, se pressant d'âme en âme, soulevant leur voile lourd pour, à chacune fois, le laisser retomber avec dédain : « *Non, ça n'est pas elle!* » Ou encore : « *Ça ne doit pas être par là... elle est donc si loin ?* »

Peut-être avait-elle simplement oublié l'emplacement.

Mais enfin, elle afficha un large sourire quand elle reconnut devant-elle, l'âme de... madame Godberg[2] ! Une de ses pires pensionnaires, une abominable, une maudite parmi les maudites. Il faut dire que cette tortionnaire de la STASI, se délectait d'arracher des lambeaux de peau des victimes qu'elle torturait, et qu'elle donnait à manger à ses chiens ! De surcroît, son âme, même séparée de son enveloppe, était restée toujours très fière et revendiquait pleinement ses méfaits et l'horreur de ses crimes... même lors de son arrivée aux enfers.

Pas étonnant alors de la trouver parmi les *pires des pires*, au cœur des territoires les plus reculés du schéol.

Mais la Bête se souvint aussi[3] que c'est elle-même qui avait aidé le trépas de cette madame Godberg en la dévorant très lentement —c'était, à quelque détail près, l'un des vœux de son ami Hans Jacob après son voyage en enfer— Il convenait alors de rester prudent avec elle !

Très doucement alors, elle retira intégralement le manteau de boue qui recouvrait cette âme, découvrant un corps rabougri sur lui-même, refermé sur ses fautes, ses crimes et les si nombreuses forfaitures qu'elle ruminait depuis longtemps déjà, et qu'elle allait devoir mâcher encore pour une très longue éternité ! Maintenant découverte, madame Godberg déplia lentement son corps cadavérique, tout en protégeant ses yeux de la lueur pourtant faible, des enfers. Très lentement, elle se redressa sur ses jambes, et s'étira sous ses haillons en

---

2. Carrousel — Livre I : *Le Styx*
3. ainsi que nos lecteurs !

faisant craquer ses os, ses articulations et chacune de ses vertèbres au cartilage desséché.

Étant passée dans le dos de sa pensionnaire, la Bête se rapprocha d'elle avec mille précautions, sans aucun bruit, les bras tendus vers son cou, les mains en avant qui tenaient le collier bien ouvert...

Mais soudainement, un bruit inopportun... et voilà que cette dernière fit volte-face !

Elle se retrouva devant la Bête un instant interdite, avec des yeux caves mais assez brillants pour vouloir transpercer sa gardienne par la haine. Mais c'est sa bouche qui se fendit d'un large sourire découvrant des dents noires, ne tenant plus que par un fil de bave à de trop minces gencives... ce genre de sourire d'une macabre satisfaction et que la Bête avait maintes fois pu observer chez les pires criminels : comme eux, cette madame Godberg ne semblait pas si affectée par ses forfaits ; elle était encore de ses âmes damnées qui semblaient prendre plaisir à les ruminer, qui semblaient même en jouir !

En un instant, la Bête se rendit compte que son plan venait de perdre ses dernières béquilles. Elle n'avait plus le choix : avec rage, elle sauta sur madame Godberg, bras tendus avec le collier dans les mains. Et les voilà roulant à terre, l'une se débattant, l'autre tentant de lui flanquer ce collier ! Mais madame Godberg, recouvrant une soudaine énergie de démon, se défendait bec et ongles, lançait ses bras, mordait et griffait, poussait du fond de sa gorge sèche des raclements gutturaux qui faisaient même frémir les âmes d'à côté.

Grâce à sa force, plusieurs fois, la Bête arriva à prendre le dessus, mais ses tentatives pour verrouiller le collier sur le cou de madame Godberg échouaient à chaque fois : voilà que la serrure ne fermait plus ! Madame Godberg en profitait alors pour lancer ses poings et ses griffes, ou bien pour se faufiler et s'extraire... Mais de nouveau, la Bête revenait à la charge, et les deux se retrouvaient une fois de plus à terre.

Les deux mains sur le collier, la Bête appuyait sur le cou de sa proie comme si c'est elle, qu'elle avait voulu étrangler de ses propres mains. Elle en arriva même à frapper le damné collier sur une pierre :« *Mais bon sang... tu... vas... te... fermer...* »

* * *

Enfin, la serrure se verrouilla avec un *Clic* bien sonore.

De toute urgence, la Bête se recula, rampant dans la glaise pour s'éloigner le plus possible de celle qui, comme une bête attrapée par un collet, se redressait, se débattait, tentait de retirer ce collier de feu en beuglant des hurlements de rage depuis une mâchoire de plus en plus énorme !

À quelques mètres, la Bête tentait de se redresser, mais ce fut d'abord pour glisser dans la boue; alors elle rampa encore à quatre pattes, et se releva plus loin pour déguerpir. Dans son dos, les pires transformations étaient à l'œuvre, et la Bête entendait les os de madame Godberg qui craquaient, ses chairs qui se déchiraient et les mugissements d'une madame Godberg qui devenait... un monstre.

La Bête ne se retourna pas : il lui fallait courir, toute jambes à son cou, fuir alors que derrière elle, une nouvelle Bête prenait vie : un cerbère qu'elle devinait déjà énorme tellement ses brames étaient puissants. Mais elle devait s'éloigner toujours plus, sauter par-dessus les tas d'âmes en prenant le chemin le plus court vers le Styx. Il fallait à tout prix éviter d'être rattrapée par la Bête-madame-Godberg, éviter un affrontement dont elle aurait été perdante.

Parce que seule celle qui portait le collier de Satan était dorénavant en mesure de se transformer en un monstre à la puissance colossale. Le cas échéant, le sort de la jeune femme aurait vite été réglé.

* * *

Enfin, elle parvint aux rives du Styx où l'attendait le Passeur, et elle sauta dans la barque en criant à celui qui faillit en tomber à l'eau : « *Vas-y, démarre, tire-nous de là !* »

Mais Charon restait la regarder sans bouger —et il n'y avait pas que l'offensante allusion motorisée qui le retenait—. Il tendit seulement sa main vers le cou de la jeune femme, son index décharné désignant l'emplacement d'un collier qui lui faisait cruellement défaut.

— Oui... oui je sais ! disait la Bête qui portait sa main à son cou... et son regard en arrière.

Alors le passeur referma bruyamment les osselets de sa main, comme quelqu'un qui se rendait compte que le contrat était caduc. La Bête dut se faire toute petite devant lui :

— Je t'en prie, je sais que je ne peux plus passer avec toi, mais là, vraiment, il faut m'aider.

Dans le lointain, les hurlements du monstre s'amplifiaient : la nouvelle bête prenait possession de son territoire, aussi grand que sa toute-puissance. Le Passeur regarda vers l'horizon, puis revint vers la jeune femme, les genoux dans l'eau croupie, qui lui tirait les haillons en suppliant encore :

— S'il te plaît... en souvenir du bon vieux temps !

Il redressa encore la tête : il était maintenant évident que la nouvelle bête approchait, et d'ailleurs, lui-même en eut un mouvement d'effroi. Alors il se tourna vers le fleuve, et enfonça sa perche dans la vase pour une toute dernière traversée avec sa jeune et jolie Bête.

# Chapitre II

# Poison

H ANS JACOB habitait dans un vieil immeuble, une étroite bâtisse moyenâgeuse au cœur d'un village de montagne. Le bâtiment était bien plus profond que large et l'encorbellement de sa façade projetait ses étages bien au-dessus de la rue. Au rez-de-chaussée —sans doute une ancienne boutique—, habitaient deux vieilles sœurs, à la politesse exquise, pour qui Hans ramenait les courses et réalisait de menus travaux de bricolage. Sur son palier du premier, en plus de son meublé, il y avait aussi celui de deux étudiants, Peter et Günter, à qui Hans était amené à donner quelques cours d'optique; et enfin, sous les combles du troisième, une étudiante en sociologie occupait un large et riche appartement. C'est elle qui trouvait Hans joli garçon et qui regrettait amèrement de ne pouvoir être amenée à le solliciter pour du soutien en maths ou en physique.

Dans son petit meublé, Hans pouvait profiter d'un agréable salon, avec une unique chambre et une toute petite cuisine. L'espace était restreint mais assez fonctionnel pour lui, qui y vivait seul depuis la disparition de sa *Julia*[1]. Mais surtout, l'appartement était tout à fait cosy : très bien agencé, agréablement décoré, et dont la principale fenêtre à petits carreaux offrait une vue splendide sur la carte postale de ses montagnes.

Et c'est bien pour ça que Hans l'avait choisi, malgré les quelques dizaines de kilomètres qui le séparaient de son lieu de travail. Qu'importe, ne possédant pas de voiture, il bénéficiait des transports régionaux en car, et des trains quand il fallait aller plus loin que son usine. Mais plus que tout, c'est bien ici, au cœur des *Erzgebirge*[2] qu'il pouvait profiter des montagnes et de leurs lacs, jouissant à deux pas de chez lui d'un spectacle grandiose, de pistes de ski et une nature sauvage dont il ne pouvait se démettre.

Son travail de représentation, comme ingénieur commercial, avait l'avantage de l'amener souvent très loin de son travail, voire loin de son pays, cassant par-là une monotonie de l'existence dont il n'avait jamais voulu. De surcroît, cet emploi lui octroyait une certaine liberté, ce qui lui permettait de mener plusieurs activités secrètes de renseignement et d'actions militantes en tout genre. C'est ainsi que Hans était amené à

---

1. Carrousel – Livre I : *Le Styx*
2. Monts métallifères du sud de la RDA

rencontrer bon nombre de personnes, pour son travail —ou pour d'autres activités moins licites— et surtout à recevoir ses invités chez lui, ce dont les autres locataires de l'immeuble avaient fini par ne plus s'étonner.

Hans vivait donc très tranquillement dans un agréable immeuble, jamais surveillé et jamais inquiété... C'est ce qu'il croyait.

* * *

Parce que ce jour-là, au chevet de son lit aux draps défaits, était assis le colonel Roberts, [3] reconnaissable à sa silhouette aux contours osseux, avec, en face de lui, le vieux docteur Gabriel qui tenait le poignet d'un Hans inconscient, et comptait sur sa montre les lents et inquiétants battements de son pouls.

— Alors ? demandait le colonel Roberts en chuchotant pour ne pas déranger le comptage méticuleux de son ami.

Mais le docteur Gabriel faisait *non* de la tête : devant eux, Hans était livide. Il respirait difficilement ; sa peau était jaune et poisseuse comme celle d'un macchabée, et sa tête retombait inerte sur le côté. Les draps du lit étaient trempés de sueur, et visiblement, les quelques vêtements qu'il portait n'avaient pas été changés depuis plusieurs jours. C'est la pièce entière qui respirait les effluves pestilentiels d'une terrible affection qui avait raison de la force et de la jeunesse de Hans Jacob...

Et dont il se mourrait lentement.

---

3. Carrousel – Livre VI : *L'arme*

Pour renouveler un air horriblement vicié, on avait ouvert la fenêtre, mais par discrétion et pour qu'on ne devinât pas la présence des deux hommes, les volets restaient mi-clos.

Dans la pénombre et l'irisation d'un soleil du soir au travers d'une atmosphère poussiéreuse, les deux soixantenaires s'étaient relevés au milieu du capharnaüm d'une chambre à l'abandon par défaillance de son propriétaire. Impuissants devant le jeune homme à l'agonie, ils se trouvaient anéantis devant le spectacle de leur ami, à la fleur d'une jeunesse qu'ils avaient déjà perdue, ce genre d'homme qu'on imagine au lit seulement pour l'amour et quelques heures de sommeil... mais pas pour la maladie, et encore moins pour y mourir.

Le docteur Gabriel, à la mise négligée parce qu'appelé à la hâte, se grattait le cuir de son menton pas rasé :

— Pour moi, c'est sûr : c'est un empoisonnement !

À côté de lui, le colonel Roberts, sombre mais comme toujours tiré à quatre épingles, avait replongé ses mains dans ses poches :

— Je l'avais croisé il y a une dizaine de jours. Il ne se sentait déjà pas bien. Mais j'avoue que je ne me suis pas inquiété, j'aurais dû...

En réponse, le docteur se contenta de soupirer, le colonel poursuivit :

— Que peut-on faire ? Vous ne pourriez pas le prendre dans votre clinique ?

— Absolument pas ! réagit aussitôt Gabriel, il serait immédiatement éjecté. Et d'ailleurs, moi-même, je ne devrais pas me trouver ici. Mais et vous ? Vous ne pouvez pas le prendre à l'ambassade ? Ou bien envoyer ici une équipe médicale qui s'occuperait de lui ?

— Pensez-donc, ça serait l'aveu de notre collaboration.

— Votre collaboration ? Vous ne pensez pas que le secret est déjà éventé ?

— Absolument pas ! L'endroit est sûr, on peut arriver ici en passant par les jardins sans être vu de la rue. De plus, nous connaissons tout le monde dans l'immeuble, des gens qui ne posent aucun problème parce qu'ils nous croient ses collaborateurs.

Alors les deux hommes baissèrent la tête, perdus dans leurs pensées et ne relevant le visage que pour écouter les faibles râles qui émaillait encore la respiration saccadée de leur jeune ami.

* * *

Mais soudainement, le colonel Roberts devint blême. Gabriel s'en rendit compte, lui qui suggérait : *« Il vous suffirait de laisser une voiture surveiller les lieux et... »* mais son interlocuteur était pétrifié, les yeux exorbités qui fixaient le mur en face de lui. Le docteur se retourna prudemment : dans le coin le plus obscur de la chambre, se tenait la Bête des enfers, comme sortant de l'ombre, voire même, du mur, et son regard sur les deux hommes, lançait des flammes.

Le docteur eut aussitôt un réflexe de recul : il chercha à s'éloigner, culbutant d'abord la petite table et faisant tomber la carafe d'eau avec la lampe de chevet.

23

Dans une même panique, le colonel s'était déporté pour aller se rapprocher de la fenêtre.

— Mademoiselle non... Ça n'est pas nous... balbutiait le docteur en levant déjà les mains devant son visage, pendant que le colonel Roberts s'apprêtait à ouvrir les volets mi-clos dans l'éventualité de se jeter au-dehors.

Mais c'est directement au côté de Hans que la Bête se précipita : à genoux au bord du lit, elle prit sa main entre les siennes et s'immobilisa devant le visage émacié de Hans ; ses yeux étaient maintenant grands ouverts, et remplis de stupeur.

Le colonel Roberts osa tendre l'index vers Hans :

— Il a été empoisonné... Nous ne savons pas quoi faire.

La Bête leva les yeux vers le vieil homme... des yeux on ne peut plus méfiants, qui redevenaient ceux d'un prédateur à l'affût ; puis elle se tourna aussi vers le docteur Gabriel qui reprenait sur un ton lénitif :

— Nous avions rendez-vous avec lui... Il n'est pas venu, alors nous nous sommes inquiété et... nous l'avons trouvé comme ça !

Alors elle se pencha au plus près de Hans, en murmurant « *Empoisonné ?* » Et elle l'examina sous toutes les coutures pendant que Gabriel confirmait :

— Oh oui ! Ça ne peut être qu'un empoisonnement : quelque chose qui détruit son foie, d'où son teint jaune !

La Bête se pencha encore plus près, et avec une profonde inspiration, renifla la peau de son Hans. D'abord, elle eut un mouvement de recul, saisie par les relents de vieille gamelle et d'évier bouché qui émanaient de ce corps flasque. Mais elle revint s'approcher de son visage, de son torse et descendit ses narines le long de son bras. Puis, sans rien rajouter, elle se releva, et sans adresser le moindre regard au colonel et au docteur, elle se mit à chercher dans la pièce. Elle était comme un chat après une souris, furetant dans tous les coins, depuis le haut des meubles jusqu'au sol. Ainsi, elle fit le tour de la chambre à pas feutrés, comme si la chose qu'elle attendait allait se dénoncer elle-même par un petit bruit. Puis, laissant les deux hommes toujours immobiles, elle sortit de la pièce comme si elle suivait une piste et s'arrêta à poubelle de la cuisine. Elle y plongea directement la main, fouilla à peine, et la retira pour revenir aussitôt à la chambre avec sa trouvaille :

— C'est ça! dit-elle en leur montrant deux ampoules de verre, déjà vides de leur contenu.

Avec quelque hésitation, le docteur prit une ampoule des mains ouvertes de la Bête et le colonel fit de même. C'est ce dernier qui, tout en reniflant l'objet, déclara aussitôt :

— Il y a marqué "vitamines", mais je connais cette odeur et je peux vous certifier que ça n'en est pas, c'est, c'est...

— C'est du X51, dit enfin le docteur Gabriel, le regard sombre.

La Bête, inquiète, les interrogea du regard. Le colonel Roberts lui expliqua alors :

— Le X51 est un poison classique de ces régimes pour l'élimination des opposants.

De son côté, le docteur soupirait, tête baissée et l'air coupable :

— Je le connais bien hélas, ça vous met le foie dans le même état qu'une éponge après la vaisselle : vide de tout, il n'y a plus de gras, plus de fer, plus de sucre... plus un gramme de glucose ! Vous tombez dans un état de fatigue tel, qu'il vous devient impossible de lever une paupière !

Et d'un geste prudent, il montra Hans, inconscient sur son lit : *« C'est à peu près à ce stade qu'il en est ! »*

Alors la Bête revint s'accroupir au chevet de Hans, posa un instant sa main sur son abdomen, ferma les yeux un long moment... puis leva un regard plein d'angoisse vers les deux hommes :

— Je ne peux rien ! Je ne peux pas lui enlever ça ! Comment peut-on le guérir de ce poison ? dites-le moi.

— D'abord ne plus administrer cette saloperie, expliqua le vieux docteur. Je suis certain qu'une personne passe ici régulièrement pour le lui faire avaler. C'est ça qui va le tuer à moins de stopper ça tout de suite. Et puis je pense qu'avec du repos, une nourriture saine, notre aide et... de la chance, votre ami se rétablira de lui-même. Mais ça prendra bien quelques semaines.

Sans quitter son Hans du regard, la Bête opina alors :

— Bien ! C'est moi qui vais m'occuper de lui...

Les deux hommes approuvèrent aussitôt *« C'est parfait... de notre côté, nous ferons notre possible pour vous aider... »* Mais la Bête poursuivait :

— ... et je vais aussi m'occuper personnellement de ses empoisonneurs.

Alors, comme s'il arrivait aux deux bonshommes de se souvenir soudainement d'un rendez-vous, ils prirent leur pardessus et gagnèrent la porte de l'appartement :

— Avec le colonel Roberts, nous passerons vous voir souvent, dit, d'un ton mielleux, le vieux docteur qui franchissait le premier le seuil de la porte.

Quant au colonel, prenant à son tour la ronde poignée de bois en main, il osa un petit :

— Euh, mademoiselle, je vous invite aussi à... garder votre calme, et surtout ne pas vous énerver parce que...

La Bête se redressa d'un bond, serrant les poings en se tournant vers eux, mais les deux hommes avaient déjà prestement refermé la porte derrière eux, ne laissant que le bruit de leurs pas dévalant l'escalier.

* * *

La Bête avait une patience à la hauteur de sa puissance de prédateur : pendant les heures qui suivirent, elle resta assise dans l'ombre de la chambre, totalement immobile à l'écoute du moindre bruit de l'immeuble et de la rue, et tout aussi attentive à chaque respiration de son Hans. Une ou deux fois, elle revint s'agenouiller à ses côtés en lui prenant la main alors que lui, dans un petit moment de réveil émergeant de son état bourbeux, essayait de prononcer quelques mots. Elle tentait de le rassurer, de le faire boire, ou de lui ajuster la tête sur son oreiller trempé.

Il la reconnaissait à peine, mais elle s'emplit de bonheur quand il eut le temps d'articuler au travers de lèvres collées : « *Vous êtes là... vous êtes venue ?* » Alors elle lui serra la main contre sa poitrine : « *Oui, je suis là, et je vais m'occuper de toi et...* » mais avant qu'elle eût terminé, l'état d'extrême fatigue de Hans avait trahi ce qu'il lui restait de force et ramené à une profonde torpeur. Alors elle épongea encore une fois son front et remonta son drap sur lui.

Elle se trouvait en proie à une immense tristesse, à tellement d'impuissance ; dans sa poitrine, son cœur battait d'affliction autant que d'une sourde colère...

Et puis elle entendit une voiture qui s'arrêtait devant l'immeuble, une porte claquer, et l'engin repartir sans attendre. Quelques secondes après, quelqu'un empruntait les escaliers de l'immeuble : un pas lourd et un peu incertain... pas assez, néanmoins, pour être celui d'une des vieilles dames des paliers voisins, mais suffisamment hésitant pour ne pas être celui des jeunes étudiants d'en face. Et puis ainsi que la Bête le pressentait, les pas s'arrêtèrent devant la porte ; une seconde après, cette dernière s'ouvrait sans que l'on ne fît usage d'une clé, sans même qu'on prît la peine de frapper ou de sonner.

Dans l'ombre de la chambre, la Bête restait immobile, telle un fauve, quand une personne entra et s'avança vers le lit. C'était une dame assez forte, aux cheveux fournis, et dans une austère blouse d'infirmière. La cinquantaine, elle tenait à la main une petite sacoche de cuir. La Bête, maintenant dans son dos, pouvait la voir qui s'approchait de son Hans, et sans même prendre la peine de déposer sa sacoche, lui prendre le poignet et tâter son pouls : « *Hum, mon chou, tu n'en as plus pour très longtemps !* ». Et ça n'est que quelques secondes après que la dame déposa son nécessaire sur la table de nuit, et en sortit directement deux ampoules de verre fumé...

Deux ampoules de "vitamines" !

Mais quand l'infirmière se retourna pour aller en cuisine y prendre un verre d'eau, elle se trouva face à face avec la Bête. Celle-ci était toujours dans l'ombre de la pièce, assise avec ses deux mains alignées sur ses jambes encore très sages dans leur pantalon de cuir noir. Dans l'obscurité de son visage, il n'y avait que deux yeux où dansaient des flammes ardentes...

* * *

La Bête avait enfin trouvé les poubelles de l'immeuble : dans la petite cours sur le côté du bâtiment, le meilleur endroit pour laisser les fenêtres de l'immeuble à l'abri des vents dominant qui en auraient rapporté les effluves. Il y avait donc, alignée, une collection de ces réservoirs en zinc qui sonnaient d'un bruit d'enfer dès qu'on les manipulait; d'ailleurs, il en fallut plusieurs, de ces containers, pour y tasser les quelques morceaux du corps de la grosse infirmière que la Bête n'avait pas mangés... Afin que rien n'en dépassât, l'opération demanda plusieurs minutes pour transvaser les résidus d'épluchure d'une poubelle à l'autre afin d'en recouvrir les membres. Et puis, la Bête, souriant devant son travail, se tapa dans les mains : « *Voilà, tout est net, tout est propre, rien ne dépasse et je suis parfaitement calme !* »

Mais elle baissa les yeux vers son ventre : par coquetterie, elle n'avait pas tout dévoré de la grosse infirmière, mais se pinça quand même les lèvres de constater l'arrondi trop apparent de sa panse. Elle jeta un œil sur le côté, et alla récupérer la blouse blanche accrochée au fils. Chance, elle n'était pas trop tâchée de sang et bien assez ample pour masquer cette rondeur. Alors, tout en la boutonnant, elle quitta la cours pour le jardin de l'immeuble, et rentra dans le bâtiment par la porte arrière.

Mais en haut des escaliers, elle découvrit la porte du meublé grande ouverte ! Du palier, son regard plongea directement dans la chambre... et sur cette fille qui était assise au bord du lit et qui tenait la main de son Hans !

Une bien jolie fille, d'ailleurs, l'étudiante en sociologie du troisième qui venait sans doute d'arriver : elle avait encore, sur elle, son manteau de riche étoffe et au large col de fourrure. Aux mains, elle avait encore ses fins gants de cuir d'agneau teinté de cornaline, et son luxueux sac à main à la chaînette dorée était juste posé sur le lit. Assurément, elle était bien belle et gracieuse ; la Bête se mordit les lèvres en posant instinctivement les mains sur son ventre encore trop rond sous une trop large blouse fripée... Mais après un instant d'hésitation, elle se décida à entrer plus avant, et très calmement, alla s'asseoir sur sa chaise.

L'étudiante avait furtivement levé les yeux vers elle : « *Ah, vous êtes donc son infirmière !* » dit-elle simplement. Mais sans attendre de réponse, elle revint caresser Hans de son regard soyeux.

Immobile dans le coin le plus sombre de la chambre, la Bête ne disait rien, et regardait... Elle observait même attentivement cette jeune rouquine qui murmurait à Hans inconscient un babillage à peine audible, et qui, de temps à autre, venait la toiser d'un coup d'œil rapide avec un don exceptionnel de composition : un très léger sourire au bord de lèvres au rouge capiteux, un subtil plissement des yeux, un tendre glissement de la tête vers son chéri, et des paupières aux longs cils qui se fermaient lentement comme deux amoureux ferment sans bruit un rideau pudique.

Depuis sa chaise, la Bête retrouvait la désagréable sensation d'un amour-propre en mauvaise posture : elle se trouvait laide et insignifiante, sans aucune des grâces et des charmes de cette fille. Elle ne se sentait plus qu'une ombre gentille face à elle, magnifique, qui venait maintenant se pencher sur son Hans pour le prendre dans ses bras... tout contre sa poitrine... avec, pour la Bête, l'aumône du sourire malicieux d'une jeune femme ayant la suprême intelligence de sa personne, et surtout de sa beauté.

— Hans est bien malade, dit enfin l'étudiante d'une voix mélodieuse et sans cesser d'affronter le regard de la Bête, il a besoin de soins !

La Bête finissait de la découper du regard, plongeant dans sa personne jusqu'à la moindre de ses coutures, jusqu'au dégradé du far sur ses paupières, le rouge de ses ongles, et la pincette dorée impeccablement placée dans ses cheveux roux dont les reflets chatoyaient dans la pénombre.

— Oui, j'ai commencé, finit par répondre la Bête.

— Bien... J'ai vu aussi qu'il n'avait rien à manger, il faudrait peut-être faire des courses.

— Oui... répondit encore la Bête en plantant ses yeux dans ceux de l'étudiante.

— Est-ce que vous savez cuisiner ? continua gentiment cette dernière.

— Pas vous ?

— Mmmh, vous trouverez une épicerie deux rues
plus bas, je pense que vous avez repéré le petit coffre où
Hans garde ses liquidités...

— Pas encore, répondit encore la Bête après une
longue hésitation, mais sans jamais détourner son
regard, sans même cligner des paupières.

— Et puis il faudra aérer ici, ça sent les vieilles chaus-
settes... vous savez laver le linge !

Ça n'était même pas une question... La Bête ravala
sa salive :

— Pas vous ?

— Je ne vais pas m'abaisser à être la conchita qui
lave, repasse et fais la cuisine de la suprématie mâle si
vous voyez ce que je veux dire, fit la jeune femme en pro-
fitant à son compte de cet inépuisable sujet d'orgueil.

Alors, après un petit moment, la Bête demanda enfin à cette... sensualité rousse dont le sourire ne cessait
de s'élargir :

— Alors vous faites quoi ici ?

Eh bien, toujours sans détourner son regard, l'étudiante se rapprocha encore plus près de Hans, jusqu'à
porter son décolleté tout contre le visage du jeune
homme, là où, au creux chaud de la fourrure, les lèvres
gercées du jeune homme s'ouvraient doucement sur
la porcelaine de ses seins pour murmurer des propos
incompréhensibles : « *Oui, restez près de moi...* »

Le sourire de la jeune femme en disait long, et ses paupières qui cillaient à souhait, répondaient d'elles-mêmes à la question de la Bête.

Cette dernière d'ailleurs, toujours impassible —si ce n'est son pouls qui pilonnait ses tempes en entendant son Hans être le captif béat de rêves sensuels— et ne laissait paraître que le besoin d'une profonde inspiration.

* * *

Mais depuis la rue, un klaxon se fit entendre. La Bête reconnut le son du même moteur qui avait déposé la grosse infirmière voici une heure. Elle se leva alors immédiatement, et s'avança vers la table pour prendre le stock d'ampoules dans la sacoche de l'infirmière. Puis elle se dirigea vers la sortie tout en lançant à sa mijaurée : « *Je reviens, surtout ne bougez pas !* »

— Mmmh, ça ne risque pas, répondit l'étudiante qui avait pris le visage de Hans dans ses mains.

La Bête descendit l'escalier pas à pas, en martelant chaque marche de ses talons : « *Ne... pas... m'énerver !* ». Elle salua au passage madame Gruber, la vieille dame du rez-de-chaussée, qui répondit par un « *Bonjour Mademoiselle* » à cette nouvelle fille, cette infirmière qui descendait de l'appartement de ce gentil monsieur Jacob... où, quelques minutes auparavant, elle venait de voir entrer l'étudiante du troisième ! Et enfin, la Bête sortit sur la rue pour se diriger en ligne droite vers la voiture qui attendait au bord du trottoir.

Au bout de quelques pas, elle frappa à la vitre du conducteur :

— S'il vous plaît...

Après une première hésitation, l'homme au volant accepta de descendre la vitre de la *Traban*.

— Encore plus bas s'il vous plaît... faisait la Bête, jusqu'à ce que le conducteur la descendît complètement.

— Oui ? fit enfin ce dernier.

La Bête lui présenta les ampoules de X51 :

— Je viens poliment et sans m'énerver, vous rendre ceci.

L'homme regarda les ampoules, mais ne répondit rien, il se contenta de relever des yeux soupçonneux vers la Bête.

Alors en un éclair, celle-ci lui empoigna le cou, qu'elle tira à elle jusqu'à lui sortir la tête par l'ouverture de la fenêtre. Complètement pris dans une puissante clé de bras, l'homme ne pouvait rien faire ; ses mains essayaient bien de se défaire de l'étreinte, ou bien cherchaient quelque chose autour de lui, ou encore s'accrochaient au volant... Mais en vain ! La Bête serrait toujours plus fort, en même temps que, de l'autre main, elle approchait une première ampoule :

— Voilà, dit-elle, vous allez reprendre ça, gentiment et sans broncher !

D'un coup sec, elle serra le cou du type, et ce dernier ne put qu'ouvrir la bouche pour crier sa douleur. Aussitôt, la Bête lui fit ravaler son cri en lui enfilant une ampoule dans le gosier... Elle acheva même de l'enfoncer en appuyant profondément avec son pouce ! Puis elle fit de même avec la suivante, la troisième... Une par une, la Bête enfila le stock d'ampoules dans la gorge du bonhomme.

— Vous… noterez… que je… ne m'énerve… pas ! lui disait-elle très calmement tout en surveillant les alentours.

Quand la dernière fiole fut passée, elle relâcha l'homme qui, à court d'air et l'œsophage encombré, se tenait la poitrine sans pouvoir en sortir autre chose qu'un sifflement d'égorgé. Sans attendre, la Bête s'éloigna en l'abandonnant ainsi. Mais avant même de franchir la porte de l'immeuble, elle décida de faire demi-tour ! Et de nouveau à la voiture, elle se pencha au-dedans :

— Oh ! mon chou, ça ne va pas ? demanda-t-elle avant de tendre les bras pour attraper les épaules du bonhomme : « *Venez, je vais vous aider…* »

Ayant tourné vers elle celui qui poussait des « *ghiii ghiiii…* », elle le tira violemment contre le montant métallique de la porte !

Il y eut un grand « *cling* » de verre brisé, et ça n'était pas celui de la vitre…

— Voilà, dit-elle enfin en s'éloignant définitivement, vous apprendrez qu'on ne touche pas à mon homme !

Dans son dos, la petite rue du village était demeurée tranquille : déjà peu fréquentée par les rares automobiles, les quelques passants vaquaient à leurs occupations quotidiennes ; les commerçants fermaient boutique et les enfants qui pépiaient plus loin, finissaient, en jouant, de profiter d'une fin d'après-midi ensoleillée. Il y avait seulement la *Traban* de cet agent de la STASI qui, les yeux exorbités, ouvrait la portière pour se pencher au-dehors, et vomir dans le caniveau des flots de sang et de verre brisé.

Bon, à propos d'ampoules, pensait la Bête... l'allumeuse !

* * *

Et avec le même pas résolu, elle fit son retour dans l'immeuble ; elle eut le même *« Bonjour »* à la même vielle dame du rez-de-chaussée... celle-là qui, tout en balayant le couloir maintenant immaculé, la suivait du regard qui remontait les escaliers en tapotant des doigts sur la rampe de bois :

— Je suis calme !... tout à fait calme... mais maintenant, la saltimbanque !

La suite échappa un instant à la vieille dame qui put néanmoins entendre la Bête qui se dirigeait d'un pas résolu vers l'étudiante : *« Encore vous ! »* disait cette dernière avec un brin d'irritation dans la voix, *« Vous n'espérez quand même pas faire ménage à trois ? »*

On devinait que la Bête s'était directement portée sur elle... et lui empoignait ses cheveux rouges pour la tirer sans ménagement sur le parquet en improvisant :

*Justement !*
*Dans un ménage...*
*Quand on ne fait rien...*
*C'est qu'on ne joue...*
*Que de son cul !*

Et après l'avoir traînée jusqu'à la porte, la Bête lança la donzelle valser sur le palier, jusqu'à l'envoyer se fracasser sur la porte de Peter et Günter avec un : *« Alors dehors, sale pute ! »*

La suite est simple :

Une dizaine de marches en contrebas, la vieille dame se régalait du spectacle...

Plus haut, et affalée sur le palier contre la porte des étudiants, la rouquine se tenait une tête toute décoiffée en criant *« Et toi pouffiasse, tu sais faire quoi ? »*

En même temps que dans son dos, Günter avait ouvert la porte : *« Oh, mais c'est vous Johanna ? »*, faisant une fois de plus valser l'étudiante qui, jambes en l'air, criait de rage : *« Hiiiii ! »*

Et sur son lit, Hans, toujours dans de moites images, gémissait des : *« Hein, qu'est-ce qui se passe ? Ne partez pas !... »*

* * *

Ah oui ! Dans la petite cuisine, après avoir enfilé le tablier accroché à la porte et ouvert un livre de cuisine un peu au hasard, la Bête articulait tout simplement :

— Ce que je fais, moi ?... J'apprends.

*Chapitre III*

# The more I see you

L A VIE À DEUX, surtout dans la pesante asymétrie de la maladie de l'un, est pour l'autre un sacrifice de tous les jours. Oh! ça n'est pas le même sacrifice que celui des héros glorieux qui, depuis l'antiquité jusqu'à nos jours ont fait la fortune de quelques sculpteurs, sont devenus des exemples ainsi que des sujets de choix pour les peintres, les romanciers, les cinéastes et autres biographes. Non, le sacrifice de l'homme ou de la femme pour son conjoint malade, ou des parents pour leur enfant handicapé, est un bien plus grand sacrifice que celui des héros, et si l'un est brillant, l'autre restera à jamais dans l'ombre.

Alors, si on encense les héros, ça n'est qu'un lieu commun de la morale des sociétés humaines, soucieuses d'une certaine forme d'équilibre social. Satan le sait qui n'en a cure quand il tourne avec dédain les pages *"hé-*

*roïsme"* des passeport des âmes qu'il est amené à recevoir : il en a reçu tellement, de ces êtres glorieux, guerriers et chevaliers... Héros? peut-être, mais avant tout désireux de passer le Styx pour s'établir du côté des âmes damnées. L'impétueuse amie de Hans en était, on s'en souvient[1]!

Mais courage et sacrifice, ne se mesurent bien qu'à l'aune du temps qui passe et qui épointe nos convictions, pas à celle du fracas des armes. D'où nos malheurs!

Parce que le fracas n'engendre que la fuite, dans tous les cas, animale : soit la fuite en avant, qu'on appelle courage, et dont son auteur qu'on appelle héros, n'en souhaite que la brièveté; soit une fuite en arrière, un non-courage —qui donc en est aussi un— et qui portera ses fruits autrement, plus tard peut-être, voire jamais, ou bien encore qui servira d'exemple. Mais il y a aussi ceux qui restent! Ceux qui refusent le diktat de l'adrénaline, et pour qui l'ennemi de leur combat, c'est eux même (le pire de tous).

Et la Bête aussi le savait, elle qui avait reçu les confessions de tant de *maudits* : ceux-là qui avaient tellement abusé de l'amour de leur femme —petites mains des héros modernes—, la tendre épouse saignée à blanc au chevet de leur homme bien installé dans des oreillers douillets et des draps mille fois lavés et repassés. Ah! oui, bien sûr : ceux-là avaient mal! Mal dans leur chair, dans leur sang, mal d'être privé d'un membre, d'un organe ou d'une faculté, dont l'absence devait leur

---

1. CARROUSEL – Livre I : *Le Styx*

ôter le plaisir d'une partie de leur existence et rendre douloureuse l'autre partie. Il n'empêche, l'héroïsme aussi, ça peut se sous-traiter auprès de travailleuses non-déclarées. Ces femmes discrètes en sont toujours.

* * *

— Bois mon Hans, bois encore... disait la Bête en lui relevant la tête.

Et elle le fit boire et manger, même si au début, il n'arrivait pas à faire franchir à sa bouche la moindre nourriture solide : il recrachait ou toussait, voire s'étouffait avec les morceaux que la Bête lui donnait. Alors elle en arriva à les mastiquer elle-même pour qu'enfin, il arrivât à les avaler.

Quand elle l'avait trouvé, Hans n'en avait plus pour très longtemps ; le poison instillé dans son corps, n'était pas loin de finir son funeste office : il avait frelaté ses humeurs, mortifié ses fibres, il ne manquait plus que la lyse prochaine de ses organes pour laisser place à la mort. La Bête le savait, le corbeau aussi, ce volatile qui venait chaque jour à la fenêtre de la chambre, et se posait un moment sur le garde-corps. Alors, à chaque heure du jour et de la nuit, la Bête s'occupait de son Hans : elle nettoyait son vomi et ses diarrhées, elle le relevait quand il tombait du lit à cause de ses délires, et récurait le parquet de l'urine qui traversait son matelas.

Au matin, elle le décrassait entièrement d'une transpiration fétide qui la faisait elle-même grimacer, et lavait le linge qu'elle allait chaque jour suspendre dans la cour. Elle le bordait le soir, et durant la nuit, restait assise sur une chaise au bord du lit, à surveiller son sommeil, et à compter ses respirations ou ses inquiétantes apnées.

* * *

Le docteur Gabriel passait régulièrement, souvent accompagné de son compère, le colonel Roberts. Longuement, le docteur prenait le pouls de Hans, et avec quelques hochements de la tête, semblait dire à chaque fois qu'il allait un peu mieux.

— Je l'ai constaté moi aussi, ajoutait la Bête : depuis quelques jours, le corbeau ne vient plus !

— Le corbeau ?

— Par contre, il n'aime pas trop la viande, rajoutait-elle encore.

— C'est peut-être parce qu'il faudrait la cuisiner vot' viande, lançait le colonel Roberts depuis la cuisine en levant de l'évier une étrange carcasse sanguinolente.

— La cuisiner ?

— Mais oui, elle serait plus digeste et plus facile à avaler, ne trouvez-vous pas ?

Le hasard voulut que le colonel Roberts cuisinât assez savamment, et la *cuisine* telle qu'il la concevait dans tout son art, était justement le truchement idéal pour amadouer la bête sans déchoir à ses yeux. Ce fut donc au tour du colonel d'enfiler le tablier et de commencer d'expliquer à la Bête, les rudiments de la bonne cuisine.

Au début, la Bête était incroyablement méfiante, et reniflait les préparations du colonel avec circonspection. Mais très vite, elle levait bien haut les sourcils quand ses narines respiraient les effluves, et plongeait

42

son index dans les plats et les sauces qu'elle goûtait avec un intérêt croissant. Et puis de visite en visite et de recette en recette, elle eut même un réel plaisir à rester en cuisine avec le vieux colonel, dans une souriante complicité.

Ainsi, avec les soins quotidiens de la Bête, son attention de tous les jours, les nécessaires remèdes du docteur Gabriel, et surtout les quelques plats que le colonel Roberts préparait avec la Bête —il n'était pas question que Hans fût à la diète—, ils eurent ensemble raison de l'empoisonnent de leur ami : après des jours et des jours de fièvres, Hans rouvrait les yeux, recouvrait ses forces et ses équilibres, au point de pouvoir se redresser sur son lit, et enfin, demander un jour :

— Mais c'est quoi cette viande ?

— C'est une recette du colonel Roberts que j'ai adaptée, lui expliqua-t-elle en ayant pour lui son regard le plus enamouré, tu n'aimes pas ?

— Je ne dis pas que je n'aime pas, c'est très bon ! Je me demandais, c'est tout... C'est du poulet ?

— Non !

— Ça ressemble...

— Oui, je me suis faite la même réflexion !

* * *

Et un matin, enfin, ils purent quitter la tiède mais moite intimité de leur appartement pour sortir au soleil du printemps. Encore empoissé par des résidus du toxique, Hans devait toujours s'appuyer sur la Bête pour descendre lentement les marches de l'escalier. En bas, tous les deux saluèrent madame Gruber, la dame du rez-de-chaussée —toute heureuse de revoir le jeune Hans sur pied—, ainsi que l'étudiante du troisième qui arrivait depuis la rue… et qui préféra opérer un complet demi-tour avant de s'éloigner.

— Viens mon Hans, disait la Bête en le soutenant, il faut qu'on aille dans les prairies, viens pique-niquer avec moi dans les champs, tu respireras le bon air et tu feras la sieste dans les herbes !

— Attends, attends !… prévenait-il en s'appuyant contre le mur de l'immeuble en se prenant la tête, si j'arrive à un petit tour sur le trottoir, ça sera déjà bien.

— Non, il te faut les arbres, l'herbe et la terre, insistait-elle en le tirant par le bras.

— Crois-tu vraiment ?

— Oui, ils te guériront.

— Les arbres ?

— Non… Enfin oui, un peu, mais surtout ceux qui y habitent.

— Les oiseaux ?

— … Les fées !

Mais il en fallut des jours, et plusieurs tentatives pour enfin arriver à grimper dans les champs autour de la petite ville, remonter les coteaux, suivre les sentiers à mystères entre les murs de pierre, et s'allonger sous le soleil, dans les herbes et dans les fleurs. Au-dessus d'eux, en bordure de la forêt, on pouvait voir de loin en loin les sommets encore enneigés des *Erzgebirge* qui frangeaient avec majesté le rideau des arbres.

— C'est vrai que ça fait du bien, finit par confesser Hans en humant voluptueusement l'air pur.

* * *

C'était un jour de pique-nique. La Bête, à genoux aux côtés de Hans, avait posé son petit panier d'osier et installait déjà une jolie nappe carrelée. Pendant ce temps, Hans, qui était venu s'accouder sur la terre chaude du pré, la regardait et s'attardait à contempler chaque coin de son visage depuis le pli de ses lèves, sa joue, le satin de sa peau.

La Bête avait pris l'habitude de fredonner avec un réel plaisir les chansons que Hans lui avait apprises durant sa convalescence, voire aussi, les chansons saisies à la volée et que murmuraient quelques-uns de ses pensionnaires, chansons passées ou à venir, mais qui illuminaient toujours à merveille les sentiments qu'il avait pour elle.

*The more I see you,*
*The more I want you*

— Tu parlais de fées ? lui demandait Hans qui s'extasiait encore devant la poésie du décor.

— Mais enfin ! Ne les vois-tu donc pas ? s'étonnait-elle, tiens, mange déjà ça...

*Somehow this feeling*
*Just grows and grows*

— Ben... non, où vois-tu des fées ? demandait-il en tournant la tête tout autour de lui.

— Des fées et des elfes, mon petit faune, comme toi, elles profitent du Zéphyr de ce printemps.

— Rien que ça, des elfes ? ironisait Hans dont le cartésianisme se trouvait bousculé par cette irruption des légendes et de leurs mystères.

— Oui, et là-bas, les petits bouffons qui dansent autour des primevères, et là encore, quelques lutins des bois qui se bouchent les narines en sentant venir à eux l'odeur forte du poison que porte encore ta sueur.



— Ma sueur ? Qu'est-ce qu'elle a ma sueur ? protestait-il en se reniflant le bras.

— En tout cas, elle ne risquera pas d'attirer à toi les gobelins des halliers : d'un croche-patte, ils te feraient chuter en descendant des vallons, ou déraper sur la margelle, au bord du ruisseau là-bas.



— Des... des gobelins, dans l'Allemagne communiste ?

— Oui, des gobelins trop ladres pour ne pas se retrouver chassés de chez eux par les leurs. Alors ils errent, méchants et rancuniers sur les coteaux. Mais tu peux être tranquille, parce que ceux-là ont l'odorat irritable, et plus sensible que celui des sylvains.

— Les gobelins auraient l'odorat sensible maintenant ? riait-il en revenant s'accouder sur les herbes.

— Non mais tu t'es senti un peu mon Hans ? une vraie benne à ordures ! Par contre, dès que tu auras sué la dernière goutte de ce poison, et puisque tu es joli garçon, alors les sylphides les plus coquettes viendront très vite danser autour de toi.



— Ma chérie, des sylphides maintenant !

— Bien sûr, tu sais qu'elles se parfument en se frottant le corps sur le pistil des violettes ? Elles s'imprègnent de leurs sucs pendant que leurs ailes se font diaprer d'une pluie de pollen doré. Hi hi, tout ce qu'il faut pour raviver l'amour.



Et elle l'embrassa...

* * *

Et chaque jour qu'ils venaient vagabonder dans les prés —cela devenait coutumier—, aux bras de Hans, la Bête, toujours la plus abondante, continuait de décrire à l'envi le spectacle féerique qui ne s'offrait qu'à ses yeux, tellement heureuse de retrouver une nature et un monde de vie dont elle parlait comme un moulin fait son grain : ses bras dansaient dans l'air pour accompagner toute la poésie de son verbe, et chacune de ses paroles faisait en elle comme l'effet d'une merveilleuse boisson.

— Il faudra revenir au matin, disait-elle en s'allongeant gracieusement sur l'herbe, quand la lueur dorée de l'aube perce au raz de l'horizon brumeux. Tu boiras la rosée sur le duvet des véroniques : chaque goutte déposée là, est préparée par les nymphes des ruisseaux en gonflant leur châle de soie avec le brouillard de l'aube. Elles m'ont avouée que, pour que la goutte soit parfaite, elles y laissaient un peu de leur salive, et quiconque a goûté de la salive des nymphes, sait que c'est du pur amour de Vie. Par contre, évite de t'allonger là-bas à l'ombre d'un dais de lilas mauves, tu vois comme la place est accueillante ? Mais même d'ici on devine que les lutines y ont fait leur fête...

— Allons-bon, tu vois ça toi ? demandait Hans en se retournant vers ce qui n'était pour lui qu'un buisson bien ordinaire.

— Mais oui, regarde le geai farouche qui sautille dans les herbes, et écoute le pinson comme il piaille dans les frondaisons ? Ils sont fous après le suc-qui-tresse-les-cœurs et que les lutines ont déposé la nuit dernière !

— Le suc-qui-tresse-les-cœurs ?

— Ouiii, je me souviens que c'est fait d'églantiers et de musc de biche... En tout cas, si l'odeur devait pénétrer tes narines, elle te rendrait fou amoureux de la première chose qui passerait devant tes yeux... même d'une salamandre. Mais peut-être que ça serait une bonne chose, hein mon Hans ?

Et durant toutes ces après-midi fleuries, lui, écarquillait les yeux devant ce qu'il ne voyait pas, mais regardait surtout sa jolie Bête comme jamais il ne l'avait vue auparavant : elle débordait de fraîcheur, d'une joie de vivre qui nourrissait sa propre rêverie et qui, surtout, permettait à l'âme du jeune homme d'oublier les heures de cendre qu'il avait vécues sous l'emprise du poison. Enfin, il pouvait quitter l'ornière boueuse de ses cauchemars pour retrouver l'arc-en-ciel du monde de la Vie.

— Raconte encore !

— Eh bien là-bas, sous les ombrelle d'égopode, la ronde des nymphes à demi nues, qui dansent et qui pépient comme des marmousettes sous la chanson du vent. Partout où elles foulent l'humus, sortiront les chanterelles, partout où elles posent leurs mains, naîtra la vie, conçue sous la caresse. Une seule effluve de leur parfum d'amour suffit à faire germer les glands et les châtaignes, même encore ensevelis sous l'humus. Il suffit en plus que la lune soit mouillée dans son plein, pour les voir aussitôt s'élever et se dresser, assurés de devenir les plus drus châtaigniers et les plus solides des chênes. L'amour, c'est la vie, mon Hans, la vie, c'est l'amour !

Et question Amour, qui frappait si fort à la porte de la nouvelle jeunesse d'une Bête débarrassées de son collier d'esclave, il n'était pas question d'onduleuses complications. Le cœur dilaté tout autant que ses prunelles, ses lèvres inassouvies ne souhaitaient plus qu'une chose : que la main de son amoureux, qu'il tendait devant elle en désignait de froids châtaigniers, vînt s'arrondir sur la pointe de ses seins...

... ce qu'il fit enfin !

Il était important de ne pas gaspiller un seul de ces instants.

* * *

De jour en jour, les voici constamment toujours plus loin des quatre murs de leur appartement, à profiter, comme des gamins, de chaque journée de soleil. En rentrant, ils faisaient en amoureux, quelque menues courses au marché ainsi que quelques achats pour la dame du rez, avec qui la Bête aimait beaucoup babiller. Hans remontait le premier les escaliers... Quand ce jour-là, il croisa de nouveau l'étudiante du troisième :

— Oh ! Monsieur Jacob regardez, j'ai trouvé ces superbes carottes ultra-fraîches. Vous pouvez les croquer comme ça... J'ai pensé que pour votre convalescence...

Mais la Bête arrivait, le regard sombre, remontant en silence les escaliers tout en portant son sac de victuailles. L'étudiante recula jusqu'à être acculée à la porte de Günter et Peter, et abandonner le passage à la Bête... qui ne disait rien, et qui passa devant la jeune fille avec son menton fièrement relevé. À l'autre bout, Hans ouvrait déjà leur porte en souriant doucement.

Mais la Bête stoppa tout net, puis revint sur ses pas ! L'étudiante recula encore plus, relevant sa main en brandissant sa carotte toute glabre, comme elle l'aurait fait d'un poignard... carotte qu'en un éclair la Bête lui arracha des mains :

— Ça sera très bien pour le lapin !

Et elle fourra la carotte dans son sac, duquel elle sortit par les oreilles, un énorme lapin de garenne : une bête encore toute chaude, couverte de terre, d'eau et de sang ; un animal qu'elle avait capturé à la course et qu'elle avait elle-même tué avec ses dents. L'étudiante grimaça...

— Euh...

— Je vous en réserve une part ? demanda aimablement la Bête en replongeant le lapin au fond de son sac.

— Merci mais... sans façon !

— Vous avez tort, il y en a qui mangent les carottes crues, et les autres qui mangent les bouffeurs de carottes crues. Ainsi va la vie !

* * *

Chez eux, le lapin cuisiné par la Bête régala leurs amis, le Docteur Gabriel et le colonel Roberts. Une autre fois, la Bête avoua :

— Les nourritures terrestres sont incroyablement variées et riches de mets et de saveurs surprenantes. Mais les mettre ensemble, et les accorder comme vous faites, colonel, ça c'est de la vraie magie, de la pure magie. Si mon maître savait ça !

Le colonel aussi savourait le trésor de ces heures :

— Laissez la viande griller dans la poêle. Si si, encore ! On l'a malaxée dans un peu de sel, ça va lui donner une jolie croûte ! Et après, versez tout ça dans la marmite. Non ! ne gardez pas l'huile : ça n'est pas le meilleur pour la santé. Par contre, déglacez votre poêle avec du vin blanc, et vous laissez réduire de moitié pendant qu'on prépare le zeste de deux citrons, deux bâtons de cannelle, trois étoiles d'anis, le contenu de cinq graines de cardamome... Ah! et puis cinq gousses d'ail évidemment. Enfin, on rajoute sel et poivre, surtout pas trop, et de l'eau chaude à bonne hauteur. Il faut toujours goûter, tout le temps... Vous sentez comme c'est encore tellement imparfait, puisque les parfums ne sont pas développés. Alors on couvre et on va laisser le ragoût mijoter pendant une bonne heure, durant laquelle nous irons préparer un gratin dauphinois et écosser quelques haricots. Quand ça sera fini, on rectifiera les goûts puis on liera la sauce avec un petit peu de farine!

La Bête suivait attentivement, reniflait et goûtait à tout. Elle ouvrait grand ses yeux autant que ses narines, avide d'apprendre, non seulement parce qu'elle était intimement persuadée que ce que lui enseignait l'étonnant colonel Roberts —en nœud papillon— était tout ce dont elle avait besoin pour sortir de son état de Bête, c'est-à-dire, rejoindre cette aristocratie humaine qui allait la distinguer des bouffeurs de carottes crues. Mais en plus, tout ce qu'elle sentait et goûtait, éveillait en elle de nouveaux plaisirs : la cuisine du colonel Roberts, c'était merveilleux.

* * *

— Écoute, mon Hans, je me suis loupée d'un côté, mais... je me suis bien rattrapée de l'autre!

Hans frémissait : dans son dos, ciseaux et peigne en main, la Bête regardait en se mordant les lèvres, le résultat de son travail sur son crâne. Hans se passa rapidement la main dans ses cheveux courts, qu'il brossa dans tous les sens pour répondre enfin :

— Eh bien ! merci ma chérie, moi ça me va. Maintenant, allons débloquer le robinet de madame Gruber.

C'est que pour arroser les fleurs du couloir, madame Gruber avait fait appel au jeune homme pour débloquer le vieux robinet. Comme de jour en jour il allait mieux, il n'était plus que temps de s'exécuter.

Dans un coin du couloir, à quelques pas de l'entrée de l'immeuble, le vieux robinet de laiton n'avait pas été ouvert depuis des années, et par habitude, était devenu totalement récalcitrant à quitter cet état.

— Oui il est bien bloqué, disait Hans en essayant de toutes ses forces. Si on insiste, c'est sûr, il va péter.

— Ah, je connais ça ! dit à son tour la Bête en se penchant sur l'appareil, regarde, il est pris par la rouille. Il faudrait du fiel et de l'ammoniaque !

— Du... fiel ?

— Ouaip, ça décoince tout ce qui est grippé, et l'ammoniaque aussi, répondit-elle avec assurance.

Hans regardait autour de lui...

— Mais où veux-tu qu'on trouve ça ?

— Pour le fiel, c'est un peu difficile en effet, mais pour l'ammoniaque, y a qu'à pisser dessus !

— Mais c'est quoi cette histoire ? Qui t'a dit un truc pareil ?

— Un expert... pisse dessus je te dis ! Et d'un doigt tendu, elle désignait avec certitude le robinet juste devant Hans.

— Un expert, mais quel expert ?

— Le meilleur, un grand-maître serrurier des enfers que je connais, allez, pisse, je te dis !

Hans se recula :

— C'est qu'il n'en est pas question !

Alors la Bête s'agenouilla près du robinet, et d'une main alerte, attrapa Hans par la ceinture —lui qui était déjà sur le départ— et le tira à elle.

— Allez, te fait pas prier, il n'y a que ça pour les robinets coincés.

Rapide comme elle était, il n'aurait fallu qu'une fraction de seconde avant qu'elle ne s'attaquât au pantalon... arrêtée dans son élan par un *« Hum hum ! »* qui leur arrivait du couloir : il y avait près de l'entrée, madame Gruber ainsi que l'étudiante en sociologie, qui venaient toutes deux d'arriver de leurs commissions. L'étudiante avait la bouche qui en tombait jusqu'aux genoux, alors que la madame Gruber se contentait de rentrer dans son appartement avec un petit : *« Coincé ? Avec une jolie fille comme ça, tss tss tss !... »*

La Bête se releva comme un serpent. Hans lui aussi se raidit —du peu de fierté qu'il pouvait encore trouver en lui-même—, et laissa le passage à la demoiselle qui gagnait les escaliers : *« Je vous en prie... »*

Louvoyant devant le garçon avec un regard oblique, celle-ci le frôla de près pour rejoindre les premières marches... qu'elle gravit lentement, suivie d'en bas, par les regards embarrassés de Hans et sa Bête.

Et soudain, cette dernière finit par reprendre d'une voix sèche :

— Bon c'est fini oui ? On ne va pas s'éterniser, alors pisse là-dessus je te dis !

*Chapitre IV*

# Reine & Cavalier

SUR LA BERGE du Styx, Satan avait invité, pour son dernier voyage, un nouveau pensionnaire à prendre place sur la barque de son passeur. De lui-même, le *client* avait payé son dû, et allait maintenant s'asseoir sur l'étroit banc de la barque. Mais, chose étrange, le passeur, toujours debout sur le pontage vermoulu, ne semblait porter aucun intérêt à l'âme toute fraîche de son client : il en avait reçu l'obole d'une main distraite tout en gardant le regard tourné vers la berge opposée, celle de la plaine des enfers, d'où parvenaient les rugissements répétés de la nouvelle gardienne.

Le Diable, qui avait été tenu à l'écart des projets de sa Bête, était toujours dans l'ignorance de la passation de pouvoir entre cette dernière et madame Godberg. Mais l'attitude étrange de son *nautonier* éveilla son attention. Alors, à son tour, il se tourna vers le brouillard du fleuve d'où lui venaient des hurlements particulièrement puissants. C'est vrai que les feulements de sa gardienne, d'habitude étouffés par la moiteur du brouillard, résonnaient aujourd'hui avec une puissance inhabituelle.

Et d'ailleurs, en tendant l'oreille, il lui sembla bien qu'il y avait quelque chose de nouveau, dans ces intonations, quelque chose de singulier, d'anormal même alors que de son côté, le passeur ne disait rien : sous sa capuche, il avait rentré son crâne entre ses épaules et empoignait sa perche pour, sans grande conviction, commencer la traversée.

Dorénavant Satan en était sûr : là-bas, sur le territoire de sa Bête, quelque chose avait changé !

* * *

Il n'y avait pas qu'en bas que les choses avaient évolué. Dans le monde des vivants, aussi, la Bête était en proie à une inquiétante transformation : c'est que ses forces, autant que sa magie, diminuaient de jour en jour, et que la vie en elle s'en allait doucement malgré son quotidien d'air frais et de la compagnie constante des fées de la montagne.

Hans le voyait bien, à sa peau qui desquamait en larges plaques, aux rougeurs qui maculaient d'abord ses bras, puis le dos et le visage, et maintenant tout son corps... Un corps qui devenait douloureux et fatigué !

Mais il était exclu d'en parler : « *S'il te plaît, ne gâche pas mon bonheur* » suppliait la Bête en posant son index sur ses lèvres du jeune homme dès qu'il abordait la question.

Alors arrivait à grands pas, la perspective de... de rien ! Rien puisqu'elle avait confié le collier de Satan à madame Godberg ; rien parce que, créature sans âme, elle ne pouvait pas rester dans le monde de la Vie au risque de disparaître elle-même en ce qu'elle était seulement : c'est-à-dire un tas de poussière.

Alors Hans l'encourageait à partir, le quitter et retourner en enfer, même s'il ne pouvait l'y pousser de force par une porte dont il n'avait pas les clés.

Un matin, les choses s'éclaircirent un peu plus à l'occasion de la visite hebdomadaire de leurs amis, le docteur Gabriel et le colonel Roberts. Ce dernier s'était résolu à apprendre les rudiments des échecs à la Bête, et chose étrange, celle-ci avait immédiatement été conquise par le jeu, en particulier par la stratégie à mettre en œuvre : concevoir un combat depuis son commencement, suivi d'un développement souvent long avant sa conclusion, ceci était impossible dans les enfers où le temps était d'une nature tellement différente ; point de stratégie, point de début ni de conclusion puisque, par-delà le Carrousel de la Vie, il n'y avait ni commencement ni fin, ni aucun repère du jour ou de la nuit pour mesurer le temps.

— Vous risquez gros avec votre reine, lui avait dit le colonel en avançant son pion !

— Je le fais pour garder mon cavalier, répondait la Bête.

— Votre cavalier ? Pourtant, vous comprenez bien qu'il ne reste que lui pour sortir votre reine de ce piège !

— Oui !

Et, en levant vers Hans des yeux chargés de tristesse, elle rajouta : « *Il n'y aura que lui pour me sortir de là, et je ne vois pas du tout comment il pourra s'y prendre.* »

C'est que sans rien avouer à son amour qui aurait pu en modifier le jeu, la Bête avait conscience de mener une terrible partie d'échecs, dans laquelle elle était sur le point de sacrifier sa propre reine, c'est-à-dire elle-même, dans un pari qui n'était soutenable qu'avec l'appui d'un robuste cavalier : son Hans.

Celui-ci blêmit : sa reine, sa jolie Bête allait avoir besoin de lui... et très vite !

* * *

Souvent, le matin, la Bête se levait la première, et de bonne heure, s'en allait retrouver les fées des bois, marcher sur les coteaux surplombant la verte vallée, ou encore entreprendre un long tour du lac voisin. Étrangement même, elle se mettait parfois un foulard sur la tête et allait se recueillir de longs moments sur un banc, au cœur silencieux de l'église du village.

Hans l'attendait en préparant le café pour son retour, faisait le ménage en pyjama, et cuire au four le pain pétri la veille avant de prendre sa douche.

Ce matin-là, alors que sa Bête paraissait s'attarder plus qu'à son habitude, il s'était mis à un nouveau tour de passe-passe avec des gobelets et des pièces de monnaie : un classique, mais qui demandait beaucoup d'entraînement. Hans devait apprendre par cœur l'enchaînement des opérations pour laisser faire l'illusion de la magie. Au début, il se trompait souvent, n'enfilait pas les bons gobelets les uns sur les autres, ou manquait de dextérité, si bien qu'il devait recommencer encore, et encore, jusqu'à réussir enfin... à une parfaite illusion et...

Et sous ses yeux écarquillés, il vit l'index d'une main en gant blanc qui se posait sur un des gobelets : « *Elle est là !* » dit une voix profonde au-dessus de lui.

Hans releva les yeux vers... Satan en personne, en grande cape, canne et haut-de-forme sur la tête. Après un court instant de stupeur, Hans lui sourit malicieusement, et leva lui-même le gobelet vide :

— Eh non !

— Incroyable, répondit le Diable qui prit aussitôt une chaise pour s'asseoir devant la petite table.

— Je vais vous montrer, fit Hans en replaçant ses gobelets...

Et une petite heure de magie amusante passa ainsi entre Hans et le Maître absolu des enfers, avant que la Bête ne revînt enfin. Les deux compères de circonstance entendirent ses pas s'arrêter devant la porte : il était évident qu'elle avait deviné la présence de son maître. Et quand la porte s'ouvrit enfin, tous les deux suivirent du regard leur Bête faire son entrée dans la lumière de la chambre.

Mais elle était défaite, tenait à peine sur ses jambes. Ses yeux étaient vitreux et sur ses mains, autant que sur son visage en sueur, les plaques de rougeur s'étaient transformées en plaques de sang.

Hans se précipita, juste à temps pour la recevoir qui s'évanouissait dans ses bras.

* * *

Une fois que le jeune homme eut allongé sa Bête inconsciente sur le lit, puis délicatement passé sur ses blessures un très léger linge d'eau fraîche, il se leva et se porta au côté du Diable, debout au pied du sommier. Il lui glissa :

— Je vais faire appeler le docteur Gabriel.

— Tu sais bien que ton docteur ne peut rien pour elle, l'homme. C'est le début de sa fin.

— Mais et vous, ne pouvez-vous donc rien faire ?

— Moi ? non, du tout. Je présume que tu avais remarqué qu'elle ne porte plus son collier.

— Évidemment, mais elle a ses secrets sous cadenas et n'a rien voulu m'en dire. Qui possède le collier dorénavant ?

Alors Satan attira le jeune homme hors de la chambre :

— Mon garçon, il faut que tu saches qu'avant de monter te voir, ta bécasse de Bête a confié son collier à madame Godberg !

— Hein... Quoi ? balbutiait Hans, Madame... Godberg ? LA madame Godberg ?

— Son âme en personne, et je crois que tu la connais, répondait le Diable en allant s'asseoir à une chaise du petit salon.

— Mais alors, demanda encore Hans dont les pires images lui revenaient à l'esprit, madame Godberg est la Bête des enfers ?

Satan opina en levant les sourcils et se mordant les lèvres : « *Yep... What a fucking mess !* »

Et le voilà parti à se confier à Hans, à raconter à quel point sa nouvelle gardienne se conduisait atrocement envers ses pensionnaires ; que le passeur lui-même avait peur d'elle, et qu'il avait même vu des âmes promises aux enfers, renoncer à traverser le Styx, rien qu'en entendant ses hurlements, et opter pour... le paradis !

... Non mais !

Hans était abasourdi d'entendre de telles confessions même si, tout en écoutant et pour se remettre de ses émotions, il se servait, ainsi qu'à son hôte, un verre de liqueur de cerise.

— Mais vous ne pourriez pas la réintégrer dans son rôle ? suggéra-t-il en dirigeant son regard vers la chambre, la faire redevenir Bête des enfers comme elle était avant ?

— Ça serait l'idéal, mais qui ira récupérer le collier sur le cou de Madame Godberg hein, hein ?

— Ben... vous !

Le Diable en avala sa liqueur de travers :

— Eh oh ! Jeune homme !... D'abord moi, je ne mets pas les pieds en face : c'est le domaine de la Bête, alors chacun son job.

— Voyons, réfléchissait Hans, pourtant, dans le principe, il n'y a qu'à reprendre le collier à madame Godberg et le mettre au cou de la Bête. Tout serait réglé... facile !

— Facile ? Tu en as de bonnes, tu crois vraiment que l'autre va se laisser faire ? Et ensuite, que feras-tu d'elle ?

— Comment ça ? Mais elle retournera comme tous les autres sous son manteau de bourbe, il me semble !

— Sauf qu'elle ne voudra plus jamais y rester : elle a goûté au collier, à sa force et sa puissance, elle n'aura de cesse de le reprendre.

— Ah... je vois, fit Hans en baissant les yeux.

Et tous les deux se servirent un nouveau petit verre...

* * *

Après quelques canons, Satan soupira avec un brin de résignation :

— Mais tout compte fait, on peut estimer qu'après deux ou trois stages de quelques milliers d'années, madame Godberg finira bien par faire une Bête tout à fait honorable.

— Mais alors... répondit Hans agacé par les volte-face dont le Diable était coutumier, dites-moi ce que vous êtes venus faire ici si vous avez déjà vos idées et que ne pouvez rien faire pour elle !

— Disons que je suis venu faire mes adieux, répondit alors le Diable les yeux au plafond, je regrette pour ce qui vous arrive : je vous aime bien tous les deux, vous formez un très joli couple et...

Mais dans leur dos, il y eut un petit « *Hum hum...* » : la Bête était là, appuyée au chambranle, et qui les regardait avec un air plein de résolution.

— Je vais redescendre, j'étais venue pour lui, il avait besoin de moi.

— Redescendre... redescendre ! C'est vite dit, répliqua Satan, comment pourrais-tu reprendre ta place puisque tu as confié ton collier à la Godberg. Et regarde-toi, tu n'as plus de force, tu dépéris, tu n'en as plus que pour quelques jours ici avant de disparaître totalement.

Hans se leva et se porta vers son amie qu'il prit par l'épaule :

— Alors nous allons régler ça nous-même.

— C'est ça ! Et comment tu vas faire, l'homme, pour aller de l'autre côté du fleuve ? Ah ah ah ! Tu vas me refaire le coup du grand contournement ? Mais ça ne marchera pas une nouvelle fois : ta santé ne te le permettrait même pas. Et puis... j'ai fait des travaux !

— Alors cette fois, on va passer par le fleuve...

— Tu ne peux pas, il faudrait laisser le prix de ton âme au passeur.

— On ira sans lui, faisait Hans du tac au tac.

— Et tu penses qu'il va te laisser sa barque comme ça ?

— Il faudra bien... Je trouverai !

— Et puis tu ne connais pas le chemin, tu te perdrais dans le brouillard, il n'y a que moi et la Bête qui connaissons la voie.

La Bête faisait un discret « *oui* » d'une tête encore confuse et fatiguée, mais Hans surenchérissait :

— Eh bien c'est elle qui conduira la barque, ou bien vous et...

Mais Satan plantait ses poings sur la table :

— On ne peut monter qu'à deux dans la barque !

Il s'énervait, mais Hans aussi, ça fusait de l'un comme de l'autre :

— On ira à tour de rôle... Je ne sais pas... Je vous ai dit que je trouverai, alors je trouverai bien une solution !

Le Diable vint alors se planter sous son nez :

— C'est ça... Tu trouveras! Ça fait beaucoup de choses à trouver mon garçon, tu ne crois pas? Je te sais bien malin, mais là...

Et en se drapant dans sa cape, Satan alla se rasseoir pour se remplir ostensiblement un nouveau verre avec un sourire aux lèvres, passablement satisfait que l'homme restât sans réponse.

En effet, Hans, qui serrait sa Bête dans ses bras, gardait les yeux dans le vague, en proie à un énervement palpable et un égarement croissant. Il cherchait des idées, des solutions pour contourner cet amoncellement de difficultés qui étaient comme autant de pièces dispersées d'un puzzle qui n'attendait que d'être remis dans le bon ordre.

Ce qui l'énervait le plus, c'est qu'il n'avait pas le choix!

— J'y arriverai! se récria-t-il en définitive tout en plantant ses yeux dans ceux de la Bête, partez avec elle, je vous retrouverai en bas.

Et malgré les protestations de la Bête « *Hans, il ne faut pas, non!...* » Satan vida son verre et se couvrit de son haut-de-forme en soufflant : « *À ta guise l'homme, tu viens la Bête?* » Mais alors qu'il se dirigeait vers la sortie, il marqua un temps d'arrêt, et porta la main sur son cœur en rajoutant :

— Mais je dois te dire que si ça échoue, tu auras une place de choix à mes côtés : j'ai toujours rêvé d'un collaborateur tel que toi, je me suis rendu compte du business qu'on pourrait faire tous les deux et...

— Ne m'enterrez pas si vite, coupa Hans en allant à son tour prendre son veston.

Mais derrière lui, la Bête, tendue d'inquiétude, le regard extatique et le sourcil contracté, protestait avec force :

— Hans, que vas-tu faire ? Hans non !

— Nous n'avons pas le choix, lui glissa-t-il en lui recouvrant ses épaules de son manteau et en la poussant doucement vers son maître qui attendait. Mais elle s'en échappa avec vigueur :

— Non Hans… je veux rester avec toi !…

Dans le silence qui suivit, tous les trois échangèrent un regard… Le Diable baissa les yeux, prit la porte alors que Hans rassurait sa Bête :

— Alors viens avec moi, nous irons tous les deux chez le docteur Gabriel.

* * *

Il se trouvait que le seul moyen de transport sur lequel Hans et sa Bête pouvaient compter pour rejoindre rapidement la clinique du Schwartzberg où exerçait le docteur, était la petite *Traban* de l'étudiante en Sociologie du troisième. Alors quelle ne fut pas la joie de cette dernière d'avoir Hans, assis à ses côtés, avec la Bête à l'arrière qui, toujours plus affaiblie, n'avait plus la force de résister aux exigences de l'étudiante.

— Monsieur Jacob, c'est pour votre infirmière que vous allez là-bas ? demanda doucement la jeune fille une fois sur la route.

— Mon infirmière ?

Les yeux de l'étudiante se levèrent vers le rétroviseur d'intérieur. Hans se retourna vers la banquette arrière

65

où la Bête s'était assoupie en abandonnant lourdement sa tête sur le côté.

— Non, répondit-il, c'est pour moi.

— Pour vous ? j'aurais juré que c'était plutôt pour elle... Elle n'a pas l'air très bien.

— Regardez votre route, disait Hans à celle qui n'avait de cesse de plonger son regard dans le rétroviseur.

Mais elle ajouta encore d'un ton mielleux :

— En tout cas, je suis ravie de vous voir en meilleure forme. Je présume que vous avez un rendez-vous avec le docteur Gabriel pour un dernier check-up ?

— Euh...

Il allait développer, mais de l'arrière de la voiture, ils entendirent : *« Non... il y va pour mourir ! »*

* * *

Ils arrivaient déjà sur les allées gravillonnées de la clinique. L'étudiante avait osé un petit *« Je... vous laisse ? »* ce à quoi Hans l'avait, d'un ton gouailleur, invitée à patienter :

— La dernière fois, ça m'avait pris une petite heure pour mourir et revenir, si ça ne vous fait rien d'attendre ?

Bouche bée, l'étudiante faisait un *« oui »* de la tête alors que la Bête, déjà sur les marches, protestait encore :

— Et tu crois que je vais te laisser rentrer seul avec cette *pin-up* ?

— Mais... tu as une autre idée peut-être ?

— J'ai surtout l'idée que c'est autre chose que j'aurais dû te servir à manger ces dernières semaines !

* * *

Le docteur Gabriel en blouse blanche était pris de court : son jeune ami ici ! Et aux heures des visites aux patients en plus !... Très vite, il l'entraîna avec la Bête au fond d'un couloir à la peinture écaillée, bien à l'écart du personnel de la clinique. Les conversations, à demi chuchotées, furent brèves, mais une fois mis au courant du nouveau projet de son ami, le docteur sembla vaciller et ne put s'empêcher de se tenir le front :

— Encore ! Mais tu te rends compte de ce que tu me demandes ? Tu sors d'un empoisonnement qui a failli t'emporter et tu veux mourir ?

— Je sais, mais...

— Mais rien du tout ! s'énervait le docteur, tu risques seulement de ne pas te réveiller... Et je ne te parle pas des séquelles sur ta santé !

La Bête aussi se tourna vers Hans :

— C'est vrai que la dernière fois, il s'en est fallu de peu pour que tu ne puisses plus revenir ! [1]

Le docteur était encore plus blême, respirait avec force et s'appuyait maintenant contre le mur. Mais Hans coupa court :

— C'est ça, ou je le fais tout seul !

Un silence passa alors, juste interrompu par la Bête qui regardait l'un et l'autre :

— C'est quoi ça : *« Je le fais tout seul »* ?

Alors le docteur prit une profonde respiration, tendit la tête dans le couloir, par hasard silencieux et désert, et opina doucement :

_______________________

1. Carrousel – Tome 1 : *Le Styx*

— C'est bon… je… je vais le faire.

* * *

Sur le même brancard de vieux skaï déchiré des sous-sols de la clinique, Hans s'était déjà allongé, à demi dévêtu. D'un air grave, il attendait sa piqûre mortelle.

Penchée sur lui, se tenait la Bête, fatiguée, inquiète et surtout nerveuse alors que de son côté, le docteur Gabriel terminait de préparer ses accessoires. Il avait déjà posé un gros cathéter dans une veine de la main du jeune homme et se rapprocha enfin de lui en tenant une seringue de verre remplie d'un liquide sirupeux :

— Bon… Moi, je suis prêt.

Hans ne répondait rien et conservait un regard fermé. La Bête lui murmura :

— Il ne faut pas y aller si tu ne veux pas.

— Il le faut… Je réfléchissais seulement à un plan.

Les yeux de la Bête s'illuminèrent un instant « *un plan ?* » et un sourire vint enfin se dessiner sur son visage. Mais Hans rajouta :

— Mais je crois que ça ne va pas te plaire !

Son sourire se crispa, et elle prit la main de Hans tout contre ses lèvres.

Le docteur préparait sa piqûre :

— Et vous ? demanda-t-il à la Bête, comment allez-vous faire pour aller *de l'autre côté* ?

— Oh, moi, c'est où je veux, quand je veux. Une âme, c'est gros, ça ne passe pas partout comme ça ! Mais moi, je n'en ai pas alors évidemment…

— Évidemment!... dodelinait le docteur qui prenait la main du jeune homme.

Sous ses yeux, Hans lui fit un « *Oui* » de la tête, et sans attendre, le docteur vida le contenu de sa seringue dans le cathéter :

— Ça, c'est d'abord pour dormir, annonça-t-il avec un sourire crispé.

— On se retrouve tout de suite ma chérie, dit Hans en fermant les yeux.

Puis sans attendre, le docteur actionna le goutte-à-goutte de la mortelle perfusion qui attendait en tête de lit. Aussitôt, un liquide jaune descendit le long du tube, jusqu'à s'engouffrer tel un torrent dans les veines de Hans.

— Merde alors... reniflait le docteur Gabriel, je suis en train de le tuer et il donne rendez-vous à sa belle... quel monde, ça me dépasse!

Sa voix tremblait d'émotion.

— Je crois qu'il dort! dit doucement la Bête.

Mais, sans quitter des yeux le lancinant goutte à goutte qu'il réglait à la molette, le docteur usa d'un ton inhabituel pour oser dire à la Bête :

— Pas de gaffe cette fois, vous avez intérêt à me le ramenez!

Comme si elle se trouvait piquée au vif, elle releva un regard sombre...

— Faites votre travail docteur!

Aussitôt, il étouffa un rire :

— Mon « *travail* » ? Ma sale besogne, vous voulez dire!

— Appelez ça comme vous voulez...

— Vous ne me laissez même pas le choix ! J'aurais pensé qu'à la fin de ma vie, j'aurais au moins la liberté de...

— Vous n'avez que la liberté d'un cheval de manège docteur, coupa-t-elle toujours aussi incisive...

Parce que si le corps en perdition de la Bête lui imposait une lenteur maladive, son esprit restait incroyablement électrique.

Mais de son côté, après ce coup porté à ce qui lui restait de convictions, le docteur semblait au bord du "KO". Bien sûr, il connaissait le « *Carrousel de la Vie* », Hans lui en avait tellement parlé. Et voilà que les quelques mots de la Bête, gardienne des enfers, lui signifiaient que l'existence ne devait être qu'une grosse —mais courte— plaisanterie enfantine avant l'essentiel : c'est-à-dire le saut ultime de notre âme dans les limbes !

Les yeux mouillés par les larmes, l'âme déchirée où semblait s'engouffrer un vent du néant, il fallut quelques secondes au docteur Gabriel pour répondre :

— Vous avez raison mademoiselle. Chienne de vie, je m'en suis bien rendu compte.

Et comme elle n'en rajoutait pas, il poursuivit sans oser affronter les yeux de la jeune femme :

— Mais vous ne comprenez pas... Votre ami est tout ce que j'ai, tout ce qu'il me reste. Sans lui, je ne suis qu'une ordure, un monstre. Il n'y a jamais eu que lui pour me dire que je pouvais être quelqu'un de bien, lui seul pour me faire confiance, pour ne pas voir en moi le sale type que j'ai toujours été... et il le savait mieux que personne, sauf qu'il ne m'a jamais jugé. Et vous me demandez maintenant de le tuer ?... Pfff, bien sûr, un crime de plus ou de moins sur mon compte, que vous importe à vous qui savez le nombre d'innocents que j'ai assassiné ici. Mais vous devez aussi savoir que sans lui, mon Dieu... mon âme est définitivement perdue.

La Bête regardait maintenant le docteur avec un mélange de curiosité et d'incompréhension. D'un côté, elle connaissait bien ce genre d'élans de probité : le poète[2] lui avait bien rappelé qu'on devient moral dès qu'on est malheureux! Tant mieux... Néanmoins, émergeait en elle l'idée que sa méfiance et son empressement avaient peut-être été la cause d'un grotesque impair envers ce vieux docteur en bout de course qui posait son stéthoscope sur la poitrine de celui qu'il semblait considérer comme son fils... et qui ravalait un sanglot en suppliant encore : « *Alors vous me le ramenez s'il vous plaît...* »

* * *

Espérant une réponse de la Bête, rien qu'un mot pour s'inscrire à l'espoir qui irait illuminer, même d'une faible lueur, les terribles heures à venir, le docteur Gabriel se tourna vers la Bête.

Mais elle avait disparu, et sur la table, le cœur de Hans dans sa poitrine, ne battait déjà plus.

---

2. Proust, *À l'ombre des jeunes filles en fleurs*

# Chapitre V

# Madame Godberg

QUAND HANS SORTIT du Carrousel, il en fut éjecté au point d'aller rouler dans les herbes en contrebas. Ça n'est pas qu'il était pressé de *mourir* et d'aller rejoindre le territoire des âmes, mais il savait sa Bête dans un état critique : elle avait quitté son monde pour lui venir en aide, et c'est maintenant à bout de forces qu'elle subissait tous les ravages de son amour pour lui! Hélas, dans son plan pour sauver sa reine, lui, le cavalier, avait vraiment besoin de sa Bête.

L'arithmétique amoureuse jouait contre les deux amants harassés un décompte fatidique. Alors cette mort, il s'y précipitait.

Il se remit donc très vite de ses émotions, et constata qu'il était bien arrivé dans le paysage qu'il reconnaissait bien de l'au-delà : c'est-à-dire, dans cette demi et inquiétante pénombre, grise qui recouvrait toute chose, au milieu d'une imitation de vie, sèche et morne. Il se retrouvait dans un horizon sans couleur et sans soleil, dénué du moindre bruit, du moindre mouvement, au milieu de hautes herbes qu'on devinait abandonnées de tout influx vital, reliques sèches d'un temps lointain de la création.

Quelques centaines de mètres en contrebas coulait le Styx, dont la rive opposée se perdait loin derrière un impénétrable brouillard. Et sur la berge, Hans sembla bien reconnaître les silhouettes de Satan et de la Bête, déjà en compagnie du Charon qui patientait sur sa barque. D'un pas alerte, il descendit les contreforts jusqu'à arriver auprès des trois compères.

Mais tous avaient le regard rivé vers l'autre côté du fleuve d'où, par-delà le brouillard, arrivaient de terribles hurlements accompagnés de cris stridents. Même le passeur semblait s'en inquiéter.

C'est Satan qui, sans daigner se tourner vers l'homme qui s'arrêtait à ses côtés, prit le premier la parole en lui demanda d'un ton narquois :

— Et alors… comment comptes-tu t'y prendre pour affronter ça, *pertinax*[1] ? Ton amie m'assure que tu as un plan !

— Effectivement, et je crois que ça devrait marcher, répondit Hans en prenant sa Bête dans ses bras, elle qui avait déjà meilleure mine d'avoir rejoint son monde, même si les marques de son dépérissement n'avaient pas pour autant disparu de ses bras et de son visage : elle conservait encore sa mine de papier mâché !

---

1. Tête de mule

— J'espère que tu as bien gravé ton plan dans ta tête, l'homme, continua Satan, parce qu'ici, les choses ne s'enchaînent pas naturellement : le temps s'efface, la mémoire n'existe plus, on oublie ce qu'il y avait avant, et on oublie surtout ce que l'on a prévu de faire après alors...

— Pas d'inquiétude, j'ai tout bien noté, répondit Hans, et pour en faire la preuve à ses amis, il baissa le regard pour bien se remémorer le plan audacieux qu'il avait mûri quand il était encore bien vivant.

Mais en effet, il se trouva le premier surpris de constater que ses idées semblaient se couvrir de brume : l'enchaînement des opérations n'était plus aussi net! Si chaque tâche lui paraissait toujours distinctement, leur liant temporel semblait s'effacer : il était en train d'oublier!

— Attendez, attendez que je me le remémore bien, disait-il encore en levant la main pour se concentrer en silence.

Le Diable et la Bête se regardèrent un moment, pendant que Hans plongeait la tête dans ses mains. Mais au bout de quelques secondes, il leva l'index, et avec un grand sourire déclara :

— C'est bon... J'ai tout!

Le Diable eut un sourire crispé :

— Comme d'habitude hein... On verra bien!... Mais peux-tu déjà nous dire ce que ton plan prévoit pour la Godberg? Parce que tu sais qu'on ne peut pas se débarrasser d'une âme. Moi, j'avais bien envisagé de creuser un trou profond qui...

Hans l'interrompit :

— Pas la peine, le problème sera réglé d'un coup !

— Un trou très profond, continua le Diable en dessinant même sa solution avec ses mains : J'avais pensé le couvrir d'un énorme menhir comme on fait des hommes dans les temps passés pour…

— Non, non inutile !

— Mais enfin, l'homme, s'énerva Satan, tu sais bien qu'on ne peut pas faire disparaître une âme ! Une âme, c'est éternel, tu peux la mettre en lambeaux, la faire souffrir, mais elle existera de toute éternité !

— Oui oui pas de problème, disait Hans qui descendait déjà vers le fleuve.

— Pas de problème ? faisait le Diable en ouvrant les bras, ben alors, c'est quoi ton idée de génie pour nous débarrasser de la madame Godberg ?

Hans se retourna vers lui :

— Très simple : on va l'envoyer au paradis !

* * *

S'il y avait eu des oiseaux en enfer, tous les arbustes de l'au-delà, et même de plus loin, auraient pouffé un même vol de volatiles effarouchés quand le Diable poussa un énorme « *QUOI ?...* » dont l'écho vibra dans toute la vallée du Styx.

Hans s'était même reculé et le passeur s'était précipité sur sa perche. La Bête s'interposa immédiatement devant son maître qui brandissait déjà sa canne vers le jeune homme :

— Non mais si c'est pour venir ici en touriste avec des idées pareilles... 地獄へ行け [2]

— Attendez maître, disait la Bête, il faut l'écouter ! Moi-même, je n'y croyais pas quand on a eu des problèmes avec un robinet, mais vous allez voir : mon Hans, il a de bonnes idées, si si !

D'ailleurs, dans le dos de la Bête, Hans n'était plus d'humeur à tergiverser :

— Vous avez autre chose peut-être ? faisait-il avec véhémence. Un trou pour l'enterrer, laissez-moi rire, vous savez très bien qu'elle ressortira toujours tôt ou tard. Alors c'est soit vous l'envoyez au paradis, soit vous la noyez : je sais pour l'avoir vécu, que le Styx dévore les âmes.

Mais le Diable avait du mal à se calmer :

— Pfff, le Styx ne les dévore pas gamin ! Seulement, on ne sait pas ce qu'elles deviennent et de toutes façons, il n'est pas question de balancer la Godberg dans le fleuve : une âme manquante sur le registre, ça ferait vraiment désordre.

— Je m'en doutais, donc il ne reste plus qu'à l'envoyer au paradis.

Mais Satan bougonnait en levant les bras au ciel :

— Au paradis, au paradis ! Facile à dire ! D'abord, il faudrait l'attraper, hein ! La Bête toute seule n'y arrivera jamais et...

— Nous y allons tous les deux.

Alors le Diable s'approcha jusqu'à pouvoir murmurer à l'oreille de Hans et de sa Bête : « *Ah, et tu crois que le*

---

2. Tu peux aller au diable

*vieux crabe, va te laisser sa barque comme ça ?* » et d'un doigt discret, il désignait le passeur sur son embarcation, ce dernier qui était surtout inquiet des hurlements qui arrivaient toujours de la berge opposée.

— Il est vénal, répondit Hans par un même chuchotement, faites-lui le coup des gobelets ! Avec deux ou trois pièces d'or ça le retiendra assez longtemps.

Satan eut un mouvement de recul « *Le coup des...* » Il se mit à réfléchir quelques secondes, puis claqua dans ses doigts :

— Le coup des gobelets, bien sûr !

* * *

Et voilà que peu après, il avait installé une petite table avec trois gobelets. Et d'un air particulièrement enjoué, appelait déjà le Charon en tapant de sa canne sur la table, comme on amorce ses clients dans une foire mondaine :

— Où se cache la pièce ? *Ladies and Gentlemen*, venez assister à ce défi à votre intelligence et à votre don d'observation. Une pièce d'or... une... que je cache sous l'un de ses gobelets, trouvez-la et elle est à vous ! Regardez-moi cette pièce d'or lourde et pesante alors qu'il n'y a que trois gobelets, où se cache-t-elle donc ?... Et je le fais lentement pour les débutants. *Ladies and Gentlemen* venez, approchez et tentez votre chance !

Le passeur eut les hésitations d'un chat qu'on cherche à attraper en présentant une gamelle. Il s'avança, recula...

— Ah je vois déjà un amateur ! applaudissait Satan. N'ayez pas peur mon garçon... Une magnifique pièce d'or, elle est à vous si vous la retrouvez sous le bon gobelet, rien n'est plus simple.

Alors le Charon céda, planta sa perche et descendit de sa barque pour monter d'un pas ferme sur la berge jusqu'à se poster, les métacarpes sur les hanches, devant la petite table.

De leur côté, Hans et la Bête s'étaient précipités sur l'embarcation, pour aussitôt se saisir de la perche et s'éloigner sur le Styx. Sur la terre, la foire battait son plein :

— Regardez bien mon ami, je déplace les gobelets comme ça, hop hop et hop... Maintenant, dites-moi où est la pièce, et elle est à vous !... Eh non ! Cher spectateur, elle était là ! Mais je suis sûr qu'avec votre talent, vous la trouverez la prochaine fois, d'ailleurs, rien que pour vous, je vais vous le refaire plus lentement...

* * *

La traversée du Styx, pour qui ne connaissait pas le chemin, était une opération suicidaire qui n'avait pour conclusion que de se perdre dans un interminable brouillard sans plus jamais espérer toucher la terre ferme.

D'instinct, la Bête connaissait le chemin, une navigation au cœur d'un rideau poisseux où toutes les directions se valaient, sur une eau sans courant, et dans un théâtre de bruits inquiétants —en plus des hurlements de madame Godberg— qui semblaient venir de toutes les directions. Debout à l'arrière de la petite embarcation, la Bête usait de sa perche avec assurance alors que

Hans, en amateur peu averti, lui aurait commandé mille fois de changer de direction.

Mais il s'inquiétait surtout pour elle qui, de la manche, s'épongeait le front couvert d'une sueur fétide qui suintait de ses nombreuses plaies.

— Ça va ? demandait-il, tu veux que je prenne la perche ?

Concentrée, elle se contenta de faire un petit « *non* » de la tête.

Une fois l'équipage arrivé sur la berge opposée, Hans commanda à la Bête de se cacher sur le bord du fleuve, pendant que lui, allait s'aventurer seul sur le territoire des âmes damnées et attendre l'assaut de l'indomptable Cerbère-Godberg :

— Je vais l'attirer à moi, tiens-toi prête !

La Bête n'avait plus les idées très claires pour répondre, et encore moins pour s'opposer au plan suicidaire de son Hans. Les yeux grands ouverts, elle acquiesça et accepta sans broncher d'aller se réduire dans un relief du rivage que lui indiquait le jeune homme.

Ainsi, celui-ci partit seul faire ses premiers pas dans la géhenne, espérant seulement que sa Bête trouverait assez de force pour venir à sa rescousse le moment venu.

* * *

Il avançait prudemment dans un paysage qui lui était, de prime abord, familier quoique d'une tristesse infinie. Mais ce qu'il voyait maintenant lui glaça les os : tout était dans un désordre indescriptible. Là où la Bête prenait soin de bien ranger les manteaux de boue, il les découvrait qui traînaient, piétinés dans la vase; là où elle s'attachait à séparer les âmes les unes des autres, il les voyait agglutinées les unes contre les autres comme des essaims, grouillants, vibrants dans des palabres de sorcières, et ronflant d'une malsaine et grandissante agitation.

Et puis il sentit quelque chose le frôler! Craignant le monstre-Gorberg, il se retourna instantanément. Mais c'était un zombie : une âme décharnée et déguenillée qui courait sans son manteau, livrée à elle-même dans une folle divagation. Avec des cris stridents, elle frappait du pied tout ce qu'elle croisait dans sa course. Mais quand le zombie se tourna et aperçu Hans qu'il avait frôlé sans vraiment s'en rendre compte, il se figea dans une attitude de prédateur, prêt à fondre sur lui en montrant des dents. Hans comprit aussitôt le danger qu'il encourait maintenant à rester dans ces lieux. Il recula et décida de ne pas trop s'éloigner de la berge.

Heureusement, le zombie passa son chemin, attiré plus loin par le cri d'un de ses semblables tout aussi dément qui surgissait du lointain. Alors Hans préféra attendre la suite des événements sur place... un temps qui lui parût très long. De partout, lui arrivaient les plaintes des zombies qui divaguaient dans le schéol, un tumulte permanent de hurlements stridents qui effrayaient Hans par leur nombre. Avait-il fait le bon choix? Instinctivement, il fit quelques pas en arrière : malgré son courage, sa peur grimpait à des degrés jamais atteints.

Il se retourna vers sa Bête qui devait se tenir en embuscade quelque part derrière-lui. Il espérait un regard d'encouragement, mais il ne la voyait plus... Que se passait-il ? Où pouvait-elle bien se cacher ? Et le monstre de la Godberg, où était-il ? Et voilà que les cris déchirants des zombies se rapprochaient insidieusement, chaque hurlement sapait ses forces autant que sa résolution. Il respirait fort ; il sentait que son courage l'abandonnait, que sa hardiesse partait en débandade... Il ne comprenait même plus pourquoi il restait là, pourquoi il était venu !

Présomptueux cavalier qu'il était, c'était l'heure de la pesée !

* * *

Et soudainement, ce qu'il attendait —et qu'il redoutait encore plus— arriva : il se trouva renversé et projeté au loin comme par l'onde de choc d'une explosion. C'était madame Godberg évidemment : une énorme bête, haute comme deux hommes, qui s'était ruée sur lui et renversé dans sa course. À terre, la vase sur son visage, Hans pouvait maintenant voir à une dizaine de mètres plus loin, celle qui se préparait à revenir à la charge : elle n'avait que l'apparence de la haine, d'une abomination en sabots, couverte d'écailles, de cornes et de pustules. Elle n'était pas une Bête des enfers, elle était l'enfer ; une chose féroce et répugnante, qui ruait en feulant, et qui s'apprêtait maintenant à venir le dévorer !

Il resta sur le sol pétrifié, paralysé par cette vision alors que le monstre piaffait et reprenait son élan pour revenir à la charge... Mais au dernier moment, surgit la

Bête, sautant sur le monstre dans un ultime bond, et en tenant bien ouvert un large manteau de boue. Elle en recouvrit sa rivale au moment ou cette dernière retombait lourdement sur Hans. Celui-ci, par réflexe, s'était recroquevillé sur lui-même. Il entendit seulement madame Godberg pousser un cri, avant de se retrouver coincé sous sa masse.

— Vite, aide-moi Hans, il faut lui retirer le collier ! criait la Bête tout en s'évertuant à garder madame Godberg sous le manteau.

Mais sous le poids du monstre, Hans peinait à s'en dégager, même si, sous le manteau, l'animal diminuait de taille à vue d'œil, et reprenait doucement forme humaine.

— Hans viiite ! répétait la Bête en tentant de contenir les soubresauts de sa proie.

Alors Hans lança ses bras pour immobiliser la tête de madame Godberg, bandant tous ses muscles pour une clé qui devait la paralyser. Mais elle se débattait encore avec tellement de force qu'il n'avait aucun bras disponible pour espérer lui retirer le collier :

— Je n'y arrive pas ! Ça s'ouvre comment ce machin ? Tu as la clé toi ?

Allongée de tout son corps sur sa rivale, la Bête se mordait les lèvres :

— Je n'y ai pas pensé ! La dernière fois, c'est...

— Tu m'avais parlé d'un grand-maître serrurier, tu ne peux pas l'appeler pendant que je la tiens ?

— Euh...

Mais à peine dit, un petit bruit léger se fit entendre sur le sol à côté d'eux. C'était le petit grillon de la Bête qui s'annonçait en stridulant quelques notes.

— Ouiiii, criait la Bête tellement heureuse, mon petit grillon, tu es venu ! Viens, viens, approche, aide-nous à ouvrir ce collier comme tu l'as fait la dernière fois !

Hans n'en revenait pas. Allongé dans la boue, il verrouillait toujours dans ses bras la tête de madame Godberg, tout en regardant s'approcher la minuscule bestiole qui bondissait sur le collier, presque au bout de son nez !

— Mais, mais...

— Tiens-la bien, il va s'occuper du collier ! répétait la Bête enjouée dans le dos de madame Godberg.

Et en effet, voilà que le petit grillon plongeait ses plus longues pattes dans la serrure pour fouiller dans le mécanisme. Hans et lui échangèrent un regard qui en disait long.

— Mais alors, dit Hans à sa Bête, c'est ça ton expert ?

— Chut, laisse-le faire, il a besoin de concentration.

— Ton grand-maître serrurier qui...

— Shut-up je te dis, il est susceptible.

— Mmmh et... c'est qui de nous deux qui ira pisser sur la serrure ?

— C'est lui, ferme les yeux !

Ils n'eurent pas à en arriver là : la serrure céda avant ! Hans arracha aussitôt le collier pour le tendre à sa Bête qui pouvait maintenant se redresser et prendre le temps de l'ajuster à son cou. À ses pieds, madame Godberg semblait devoir s'éteindre complètement sous le lourd manteau. Hans, à genoux, en profita alors pour l'envelopper complètement et la ficeler avec sa ceinture. Et puis avec le petit grillon qui s'était rangé à ses côtés, tous les deux, se carapatèrent par précaution, et attendirent en se bouchant les oreilles que la Bête recouvrît toutes ses forces et sa toute-puissance !

Et en effet, celle-ci se redressa lentement, ouvrit les bras et leva la tête au ciel en gonflant ses poumons d'une puissante et interminable inspiration...

Mais elle ne poussa aucun cri, et ne se transforma pas à son tour en un nouveau monstre. Elle se contenta de baisser la tête et de soupirer :

— Merci mon Hans, merci pour tout : je n'en avais plus pour très longtemps.

Il lui sourit... un sourire qui disait aussi, sans aucun mot, combien il savait par avance qu'elle allait une nouvelle fois lui échapper, et disparaître de son quotidien, de ses petits matins ensoleillés, et de ses promenades en montagne. Sa Bête, sa jolie Bête venait de retrouver sa place, et il la regardait qui s'était agenouillée pour caresser son petit grillon. Ses bras avaient retrouvé leur ligne très pure, sa peau était redevenue lisse comme l'albâtre, et son visage, maintenant radieux, avait perdu toutes les marques de son dépérissement.

Mais à leurs pieds, madame Godberg recommençait à s'agiter, et plus inquiétant : autour d'eux, les zombies faisaient leur apparition.

— Vite, dit Hans en se saisissant de madame Gorberg, prenons-la avec nous et envoyons-la de l'autre côté. Rien ne sera dorénavant sûr ici tant qu'elle sera là.

Il la chargea sur son épaule et prit la direction du fleuve.

✳ ✳ ✳

Arrivés à l'embarcation, immédiatement, la Bête eut de terribles questions :

— Mais Hans, comment allons-nous faire ? On ne peut pas monter à trois dans la barque.

— Je sais, répondit-il en installant madame Godberg sur la première planche de bois. C'est toi qui va la conduire en face.

Et en tendant la main vers elle, il l'invita à grimper. Mais elle recula d'un pas ; son visage, jusque-là serein d'avoir retrouvé ses forces, était en train de se décomposer sous le faix d'une lucidité terriblement corrosive :

— Mais Hans, tu ne peux pas rester seul ici !

En disant cela, elle tournait la tête dans les multiples directions d'où provenaient, de loin en loin, les cris des zombies en liberté. Mais lui, insistait encore :

— Il n'y a que toi capable de naviguer dans le brouillard, viens vite, monte.

Mais elle, se mordait les doigts.

— Mais alors tu...

Hans la tira à lui et la fit embarquer sans ménagement tout en lui recommandant :

— Une fois de l'autre côté, confie madame Godberg au passeur. Tu lui donneras un bâton bien solide, je suis sûr qu'il saura s'en occuper. Ensuite, reviens ici le plus vite possible avec ton maître... Tu as bien compris ?

La Bête restait interdite devant le terrible plan de Hans. Tout semblait déjà si bien ficelé. Et elle aussi, avait beau mettre bout à bout tous les éléments du puzzle, elle n'arrivait pas à une autre conclusion : son Hans, son amour, allait devoir attendre son retour ici, seul, à la merci des zombies qui déambulaient tout autour.

— Allez file, presse-toi! lui disait-il encore en poussant la barque.

Mais elle, hésitait toujours à planter la perche dans la vase, et à laisser ainsi son Hans se sacrifier pour elle. Pétrifiée à cette idée, elle le regardait, sans répondre à ses injonctions. Elle cherchait dans les yeux faussement rassurants de son amour, la promesse impossible qu'elle pourrait le retrouver *entier*. Et c'est seulement quand madame Godberg s'agita sous son manteau que, la rage l'emportant sur l'accablement, la Bête empoigna la perche et lui asséna un coup magistral sur la tête.

— Mais rame donc, au lieu de lui taper dessus! lui suggérait Hans avec attendrissement.

Il affichait un demi-sourire, et des yeux de chien battu, bien conscient de ce qui l'attendait. Alors seulement, elle s'activa sur sa perche, horrifiée, ses deux mains appuyant de toutes ses forces, et ne pouvant que laisser couler ses larmes de voir derrière-elle, disparaître son homme sur la berge.

— Le grillon va m'aider! lui cria-t-il une dernière fois pour la rassurer alors qu'elle disparaissait dans le brouillard.

Sauf que sur la berge à ses côtés, le grillon venait juste de s'évanouir.

* * *

Sur l'autre rive du Styx, Satan jubilait du nouveau tour de magie qui laissait son Charon définitivement impuissant, hargneux et surtout les poches vides : il grognait, bougonnait, et tapait bruyamment sur la table. Mais des appels vinrent bientôt couvrir les manifestations de son mécontentement : c'était la Bête qui sortait de la brume en appelant haut et fort : « *Maître, maître vite !* »

Le Diable descendit alors vers la berge, laissant le passeur soupçonneux à un examen approfondi de chaque gobelet.

— Oh, vous avez réussi ! s'exclamait-il en voyant le manteau de boue qui devait bien envelopper madame Godberg. Mais où est Hans Jacob ?

— Maître vite, prenez-la ! Hans est resté de l'autre côté, il faut aller le chercher.

— Mais enfin, pourquoi n'est-il pas revenu avec toi ? demanda le Diable en retenant l'embarcation qui s'enfichait dans la berge avec élan.

— Mais parce qu'on ne peut pas monter à trois sur la barque, répondait la Bête en colère, et qu'il n'y avait que moi pour la conduire dans le brouillard, vous le savez bien !

Satan se prit à réfléchir un instant « *Ah, mais oui !* »

— Vite maître, donnez madame Godberg au Charon et confiez-lui un bâton.

— Mais je reste la garder si tu veux. Va avec le passeur, répondit-il en prenant madame Godberg sur l'épaule.

— Mais non non non ! tambourinait la Bête, le passeur demanderait à Hans le prix de son âme pour le ramener.

— Ah oui en effet !... Mais j'y vais seul si tu veux.

— Vous ne pourrez pas, Maître.

— Voyons, je connais la voie...

— Une fois là-bas, vous ne pourrez pas... viiite Maître !

— Ben pourquoi ?

— Les zombies ! Ça grouille de zombies et je crois que nous ne serons pas trop de deux pour en venir à bout.

Satan eut un mouvement de dédain et fronça les sourcils :

— Des zombies ?... Tout compte fait, je crois que tu as raison.

Alors il remonta quelques mètres sur la berge et planta là, madame Godberg. Puis, se saisissant d'un long gourdin de dessous sa cape, il le confia au passeur :

— Tiens, si elle bouge, n'hésite pas !

Le passeur prit le gourdin, et ronfla de contentement en venant se planter devant le tas de boue de madame Godberg qui gigotait déjà. Derrière-lui, le Diable et la Bête remontaient sur la barque.

S'appuyant sur la perche et totalement dévorée par l'anxiété de l'attente, la Bête s'activa de toutes ses forces pour faire avancer la trop lente embarcation. Dans son dos, Satan se tenait le menton :

— Ah, c'est compliqué tout ça, c'est vraiment de la logique humaine.

Mais la bête ne commenta pas. Elle ne se retourna pas non plus, quand, dans son dos, on put entendre le premier « *poc !* » que recevait le crâne de madame Godberg.

* * *

Quand la Bête put enfin sauter sur la berge triste et sans herbe du côté des âmes damnées, elle crut immédiatement en devenir folle. Juste devant-elle, il y avait le spectacle horrifiant d'un tas de zombies agglutinés, une montagne de quasi-squelettes qui grimpaient les uns sur les autres, s'arrachant les vêtements, et même les membres qui volaient dans toutes les directions. Tous hurlaient en allongeant des mains avides à la perspective d'une âme toute fraîche.

— Ahhh, ces zombies! faisait dédaigneusement le Diable restant sur l'embarcation.

Même les têtes volaient, chacun déchirait l'autre, ils se battaient entre eux pour accéder au centre, là où pouvait encore être l'âme de Hans Jacob... du moins ce qu'il en restait.

Horrifiée, la Bête hurla comme la foudre! Son cri devint même un ouragan qui fit tout voler devant-elle. Puis ses épaules enflèrent, son corps se gonfla en quelque chose d'énorme et à la puissance incommensurable, et précipita toute sa masse dans la mêlée... qu'elle explosa. De ses puissants bras, d'une queue d'acier, elle balaya tout autour d'elle et finit par mettre le groupe de zombies en pièces et en charpie.

Mais au centre, il n'y avait déjà plus rien à part des membres épars! « *Hans, Hans...* » criait-elle en vain.

Elle crut défaillir à l'idée que l'homme qu'elle aimait avait été réduit en miettes par ces cohortes de zombies qui, loin d'être vraiment effrayés, se tenaient encore à distance en essayant de se *raccommoder* leurs membres défaits. Mais ils guettaient toujours la moindre faiblesse de la Bête, prêts à revenir à la charge. C'est que celle-ci, de désespoir, se transformait de nouveau : elle s'était age-nouillée, redevenant une jeune femme en pleurs qui se prenait le visage dans ses mains.

Tout autour d'elle n'était qu'un cercle grouillant de zombies, encore hésitants, mais toujours déchaînés, aux yeux exorbités et en proie à des convulsions incontrô-lables.

Ils étaient tous uniformément tournés vers elle...

Elle, qui n'avait pas d'âme !

Qui ne pouvait constituer un festin...

Elle, qui ne pouvait en aucun cas constituer le moindre attrait pour eux, se dit-elle enfin ! Ça ne pouvait donc pas être elle qu'ils lorgnaient ainsi !

Alors elle se releva d'un bond, et se mit à chercher tout autour d'elle, virevoltant, se tournant, regardant activement partout sur le sol, et examinant chaque membre qu'elle pouvait trouver sur ce désert de boue et de poussière... Jusqu'à trouver enfin un manteau de bourbe quasiment à ses pieds et qui se confondait avec la poussière. Elle le souleva en tremblant : son Hans était dessous, inconscient. Il avait eu la bonne idée de se creuser une petite niche et de se cacher là ! Ainsi recroquevillé sous la boue, il offrait moins de prise aux zombies surtout occupés à se battre entre eux !

Mais s'il leur avait échappé... C'était à quel prix ?

* * *

Quand la Bête revint à la barque, elle tenait sous le bras son Hans à demi inconscient : son âme avait été lacérée, déchirée de toute part par les griffes de ces zombies, ces âmes damnées qui n'avaient de cesse de perpétuer leurs méfaits en enfer, avides de déchiqueter toujours plus les âmes humaines, surtout les âmes les plus fraîches.

Hans ne répondait pas à ses appels, à ses suppliques, ni à ses pleurs : « *Fallait pas mon Hans, ce n'était pas la peine d'en arriver là pour moi!* » lui disait-elle en larmes.

Il ne disait rien... les yeux exorbités, il marchait déjà sans conscience.

La Bête ne put que le confier à Satan qui l'installa rapidement sur la barque. Derrière eux, la foule indomptable des ectoplasmes s'approchait toujours plus; ils n'étaient qu'à quelques pas et auraient même plongé dans le fleuve pour sauter sur la barque s'ils n'en étaient pas régulièrement dissuadés par la Bête qui oscillait entre les larmes et la colère.

— C'est bon, ne t'inquiète plus pour lui ma petite! dit Satan, le cœur serré de voir la détresse de sa Bête. Je le remonterai moi-même au Carrousel.

Depuis la berge du Styx, la Bête les regarda s'éloigner en ravalant ses sanglots : « *Et Gabriel qui va m'en vouloir à mort!* » Elle ne les quittait pas des yeux : son Hans affalé et inerte dans le fond de la barque, et le Diable poussant sur sa perche, jusqu'à disparaître dans le brouillard :

— Et promis, j'expédie aussi la Godberg au Paradis! lui cria-t-il enfin.

Alors, la Bête se retourna en gonflant ses narines. Tout autour d'elle était une armée de zombies surexcités, grouillants, claquant des dents à s'en casser l'émail, et bavant devant la proie qu'ils venaient de perdre. Dans leurs spasmes, ils ne pouvaient s'empêcher de laisser échapper des cris stridents, et comme des chats enragés, de lancer leurs griffes vers le fleuve. Mais tout autant agressifs qu'ils étaient, ils n'osaient pas encore s'approcher de la Bête qu'ils craignaient par-dessus tout, et qui, leur faisant maintenant face, ruminait sa colère.

C'est que ceux-là étaient ses ouailles, ses âmes dont elle s'était occupée depuis le commencement des temps. Elle connaissait chacune d'elles ; elle avait pris soin de leurs angoisses, des affres de leur éternité en enfer, et de tous leurs tourments de n'être à jamais —et pour l'éternité— que des âmes maudites, esclaves de leur déchéance. Et voilà qu'elles avaient été abandonnées à leur propre ignominie : parce que sans la bienveillante direction de la Bête, ces âmes étaient revenues à leur vraie nature, à ces choses horribles qui maintenant, lui faisaient honte, lui faisaient horreur. La Bête leur en voulait d'être devenues ainsi. Elle s'en trouvait humiliée et salie. Mortifiée au plus profond d'elle-même, qu'elles aient pu s'en prendre ainsi à l'être qu'elle avait de plus cher au monde, lui qui n'avait pas hésité à s'offrir à leurs griffes pour la sauver, elle.

Alors elle se sentait terriblement coupable et honteuse. Et elle s'en voulait aussi au plus haut point, à cause de son erreur de les avoir confiées à madame Godberg. Elle la maudissait, elle maudissait les enfers, elle maudissait tout le monde, et particulièrement ces zombies, dont les plus malins d'entre eux commençaient d'ailleurs à baisser d'un ton en la voyant maintenant fulminer. Jusque-là, ils l'avaient tous connue aimable et avenante, ses colères n'avaient jamais été que des avertissements, des coups de semonce. Mais s'ils avaient cru connaître la bombe atomique de madame Godberg, ils devinaient à ses yeux que leur Bête leur promettait maintenant l'apocalypse.

Et alors que la barque disparaissait dans le brouillard du Styx, sur la berge des enfers, la Bête dans un hurlement de tonnerre à fendre les montagnes, reprenait possession de son domaine, à grands coups de bastonnade, de griffes et de crocs, d'âmes affreusement déchirées : un sanglant règlement de comptes, une meurtrière —mais bienveillante— remise en ordre de tout son fief.

* * *

Le Docteur Gabriel se disait que jamais plus il ne fera une chose pareille : répéter encore et à l'infini ce geste de donner la mort, les mêmes gestes, le même poison, la même besogne servile. Et là, pour son ami, et à sa demande insensée. C'en était trop pour lui, pour son corps fatigué et son cœur qui n'aspirait plus dorénavant que de finir de battre en paix.

Jamais son désespoir n'avait été plus profond.

Gabriel s'était accroupi dans le coin le plus sordide et le plus sombre du local, comme si c'était là sa place : la place qui lui correspondait le plus, celle d'un type qui donne la mort. Et pour ne plus entendre le bruit du goutte-à-goutte empoisonné dans la poche de la perfusion, il s'était même bouché les oreilles. Chaque goutte

94

ne lui répétait qu'une chose : c'était qu'il n'était qu'une merde, une merde... une merde !

Parce que son ami, ce jeune homme dans la fleur de l'âge, était mort, et bien mort, lui dont le bras pendait, déjà bleu, du haut du brancard. Alors il avait beau fermer les yeux, il revoyait le visage de la Bête quand il avait injecté le poison mortel : c'est sûr, elle allait l'attendre et lui régler son compte, à lui qui avait tué son ami. Oh ! Bien sûr, tout ça n'était pas sa faute, mais il fallait bien un coupable, il faut toujours un coupable. Il pouffa de rire : qui d'autre à part lui, pour faire le coupable idéal de ses propres crimes ?

Pathétique tout ça ! Toute sa vie, il avait cru tenir dans des mains fermes —peut être trop— les brides de son destin, et voilà que même la réalité le fuyait comme un pestiféré.

Alors il avait fini par relâcher ses mains de ses oreilles, mais... le poison coulait encore : il en entendait encore le lancinant goutte-à-goutte !

Pourtant, il lui sembla bien qu'après autant de temps, la petite poche de poison devait se trouver essorée... S'il y en avait encore, ça irait compromettre les perspectives de réveil du garçon, si seulement il y en avait encore. Cette idée, ce manquement —un de plus—, le fit frissonner : il fallait absolument arrêter le poison... sait-on jamais !

Il redressa la tête, ajusta ces lunettes aux verres tellement sales. Mais devant ses yeux, c'était des gouttes de sang qu'il voyait tomber sur le carrelage... Du sang qui formait déjà une flaque rouge, et qui coulait du bras de Hans, un bras affreusement lacéré !

Pris d'effroi, le vieux Docteur se remit debout lentement, la main sur la poitrine, et il crût son cœur s'arrêter quand il découvrit que, sur le corps de son ami, ça n'était que mutilations, blessures, et des lacérations profondes, comme infligées par un millier de griffes !

*Chapitre VI*

# Gabriel

IL EN FALLU du temps, à la Bête, pour remettre de l'ordre chez elle. C'est que pour beaucoup de ses pensionnaires, le goût d'une âme pure, pas encore délestée de son prix en or, avait laissé dans leur bouche des relents séditieux. Alors la Bête avait pris grand soin de séparer les âmes les unes des autres, et sur les plus nerveuses d'entre elles, elle avait trouvé quelque peu amusant de poser sur leur tête, une petite pierre en équilibre précaire : au moindre tremblement de leur porteur, le caillou tombait, et ce petit bruit suffisait à la ramener sur place. L'ex-zombie apprenait alors très vite —et à ses dépens— à faire taire ses pulsions.

Mais loin de son Hans et en proie à une mélancolie grandissante, elle faisait son travail sans grande ferveur : ses pensées étaient ailleurs, la passion était éteinte. Alors c'est sans entrain qu'elle s'occupait de l'accueil des nouveaux, et c'est aussi sans plus aucune diplomatie qu'elle traitait les conflits parmi ses ouailles.

Mais un jour, le passeur la convia à traverser le Styx avec lui. Sans trop se poser de questions, la Bête s'exécuta et prit place sur le banc de l'embarcation. C'est en arrivant en vue de l'autre berge du fleuve des morts, qu'elle aperçut un nouveau pensionnaire qui attendait seul et immobile, sur la berge.

— Pourquoi ne me l'as-tu pas amené directement ? demanda-t-elle au passeur en mettant pied à terre. Comment allons-nous faire maintenant pour traverser à trois ?

Mais le passeur, qui n'en était plus à un petit problème logistique près, fit un petit geste de la tête pour inviter la Bête à aller examiner plus avant son client. Elle marmonnait encore quand elle arriva à cette nouvelle âme, dont le visage était caché par la large capuche de sa tunique grise. Elle se pencha enfin pour découvrir son visage...

— Docteur Gabriel !

Elle eut un mouvement de stupeur. Le vieux docteur était passé de vie à trépas... Mort de vieillesse, d'un cœur trop fragile sûrement, d'une dernière flambée d'alcool sans doute, et surtout, d'une âme trop lasse, qui ne trouvait plus d'intérêt à s'accrocher à la vie imbécile. La Bête le découvrait avec un visage vide, émacié, sans plus aucune expression.

Aussitôt, elle fut envahie d'une profonde tristesse : le bon docteur Gabriel qu'elle avait tant de fois côtoyé quand il s'occupait de son Hans, cet homme courageux qu'elle avait appris à connaître, et qui avait maintenant sa confiance ; l'un des rares amis de Hans. Une belle âme comme on pouvait dire ici, c'est-à-dire une âme compliquée, caillouteuse, toute faite de montagnes et de vallées, de sommets enneigés, mais aussi des pires et des plus sombres cavernes... Voilà que le docteur Gabriel était mort.

Mais... que faisait-il ici ?

Elle se tourna vers le passeur qui, par son silence, lui confirma ses craintes : le docteur Gabriel souhaitait aller en enfer !

* * *

— Gabriel, non... Pas vous ! Vous ne pouvez pas aller là-bas, vous... Vous êtes quelqu'un de bien, je vous le jure.

Lui, redressa les yeux vers elle. Il n'eut pas de mots, mais dans son regard passait toute sa vie : une vie qu'il avait en horreur, une vie de pêcheur, une vie d'assassinats de tellement d'innocents, et pour des causes tellement déplorables. Le docteur Gabriel se détestait, et toute son âme ne désirait qu'une seule chose : aller en enfer.

Il fit un pas de plus en direction du Styx, une décision qui semblait être irrévocable.

Mais entre lui et la barque du passeur, la Bête s'interposait : elle tendait les bras pour le repousser quand lui ne souhaitait que descendre vers l'embarcation.

— Non, non Gabriel, je vous en supplie, n'allez pas là-bas... Vous avez fait tellement de bonnes choses, vous ne pouvez pas aller là !

Mais lui, lourd de sa résolution, la dépassait et continuait sans mot. Alors une nouvelle fois, elle revint se placer devant lui :

— Écoutez docteur, donnez-moi un peu de temps, je vous en prie, en souvenir de ce que nous avons fait ensemble, en souvenir de notre ami commun... Donnez-moi un peu de temps avant de monter sur la barque... S'il vous plaît.

L'âme du docteur hésita, et s'immobilisa enfin en baissant la tête. La Bête partit alors à la course « *Attendez-moi ! Attendez mon retour, surtout ne faites rien avant mon retour !* » Et puis à l'attention de Charon, elle lui cria :

— Toi, tu ne l'embarques sous aucun prétexte ou je te coule avec ta felouque !

Mais elle n'attendit aucune réponse du passeur qui, ahuri, se tournait vers sa fidèle embarcation. Plus loin, la Bête courait déjà à toutes jambes.

* * *

Il ne lui fallut pas longtemps avant de rejoindre le chalet de Satan. Elle grimpa à l'échelle de meunier qui menait à son salon, jusqu'à laisser sa tête dépasser par la trappe. Elle marqua une pause prudente, fit silence, et jeta un œil dans le grand cabinet boisé. Tout autour d'elle, était une ceinture de hautes bibliothèques, et au milieu, un capharnaüm de bibelots, de meubles précieux ou pas, de vieilles optiques et autres brimborions. Rapidement, elle devina la présence du Diable, dans un grand fauteuil, sous la fumée d'un gros cigare.

Comme elle venait lui demander une faveur, il eut été incongru de le mettre par avance en colère ; alors elle s'avança prudemment, en rampant tel un serpent sur un parquet de bois précieux.

— Maître, maître... susurrait-elle en zigzaguant entre les meubles de bois verni.

— Mhhh, que t'arrive-t-il la Bête, pour venir jusqu'ici ?

— C'est le docteur Gabriel, Maître...

— Oui je sais, une belle âme pour nous.

— Une belle âme ? reprit-elle alors qu'elle arrivait à hauteur de la main du Diable qui tenait un éternel gros verre de bourbon. Maître, vous savez autant que moi qu'il n'a rien à faire chez nous.

— Là n'est pas la question la Bête, c'est son vœu et nous devons le respecter. D'ailleurs, je me félicite de l'avoir parmi nous.

— Mais maître...

— N'oublie pas, interrompit Satan sans cesser de lire son vieux grimoire, le docteur Gabriel confesse pleinement ses méfaits.

— Vous savez qu'il nous a aidé, maître, disait encore la Bête accroupie devant l'accoudoir du large fauteuil.

— Il nous a surtout aidé à réparer tes bêtises.

Pour être agréable à son maître, ma Bête n'avait de cesse de se faire aimable et toute petite :

— Si le docteur Gabriel a fait du mal, il a aussi fait beaucoup de bien !

— Ne me prends pas pour un vulgaire comptable la Bête : la justice est humaine, et n'est qu'humaine, tu le sais bien. Alors ça n'est pas à toi de tenir la balance.

— Justement, je me disais que puisque le pauvre homme n'a pas été reconnu comme quelqu'un de bien de son vivant, peut-être que...

Mais Satan s'énerva! Sa voix enflait, profonde à en faire trembler les murs :

— Il suffit *loquax talpa*[1]! La seule chose que tu puisses faire, c'est de bien t'occuper de lui! Va maintenant, va et laisse-moi!

De peur de la main menaçante qui se levait au-dessus d'elle, la Bête se retira comme une anguille, s'échappa en toute hâte du salon de Satan et quitta le chalet. Mais une fois au-dehors, elle gonfla ses narines de ce qui était pour elle un camouflet. Le Diable était certes à mille lieues de reconnaître ses arguments, mais elle, n'en démordait pas : le docteur Gabriel n'allait pas aller en enfer!

Elle tapa du pied, et plutôt que de descendre vers la rive du Styx, elle choisit de remonter résolument vers le Carrousel. D'un pas alerte qui martelait le sol, elle foula, en ronchonnant, les hautes herbes qui menaient vers le manège géant. Une fois devant le train puissant de la Vie, dans le vent violent de son mouvement, elle scruta les horizons de l'existence humaine, chercha à gauche, un rien à gauche : c'est-à-dire, quelques instants avant la mort du docteur...

* * *

— Hans?

On frappait délicatement à sa porte...

---

1. Taupe bavarde

— Hans Jacob, vous êtes là ?

Lui sortait de sa salle de bain, les cheveux mouillés et s'essuyant le savon à raser qui maculait encore son visage « *Pfff, oui oui, j'arrive...* » alors que de l'autre main, il tenait fermement la serviette qui lui servait de pagne. À sa porte, patientait l'étudiante du troisième, très souriante, et qui, des deux mains, portait un plat de terre cuite dans un torchon de cuisine.

— Euh, mademoiselle ? demanda Hans en ouvrant la porte.

— Johanna ! fit-elle avec une petite révérence.

— Ah oui, mademoiselle Johanna !

Elle se tenait prudemment à quelques pas de la porte, et jeta d'abord par-dessus l'épaule de Hans, un œil soupçonneux jusqu'au cœur de son appartement... Hans se retourna, et continua avec un petit sourire :

— Mais... il n'y a que moi !

— Ah ! C'est que je ne voulais pas vous déranger. Eh bien, voilà, hier soir, j'ai cuisiné un bon plat, et...

— Tiens, vous cuisinez ?

— Bien sûr... Certes, je débute un peu, mais je me disais qu'il y en avait trop pour moi, alors puisque j'ai appris que vous aimez le lapin... aux carottes, ça me faisait plaisir de vous apporter du plat que j'ai cuisiné...

Hans hochait la tête, les yeux de la jeune fille étaient bien trop bavards et disaient tellement plus de choses, mais l'enjeu du moment ne semblait pas pouvoir dépasser celui d'un... simple ragoût de lapin, alors...

Alors il ne pouvait pas trop refuser et il allait s'avancer vers la jeune femme —et pour cela, franchir le seuil de la porte— quand il y eut une déflagration de chaleur dans son appartement : un flash étincelant, cramoisi, qui illumina les murs de rouge en même temps qu'une bouffée de chaleur soufflait dans le dos de Hans jusqu'à soulever les cheveux de l'étudiante.

Les deux écarquillèrent les yeux, pour voir apparaître dans le salon, une flamme immense, aussi haute que le plafond et dont la silhouette était celle... de la Bête des enfers !

L'étudiante hurla. Le plat vola en l'air, et dans un souffle, la porte claqua violemment.

Quand Hans se retourna, tout avait miraculeusement prit fin : plus de chaleur, plus de souffle, plus de flammes, et même plus de Bête. Il regarda partout, cherha dans chaque recoin... en vain. Alors il soupira : « *La coquine, me faire des coups pareils !* » et s'en retourna en sifflotant dans sa salle de bain pour finir de se raser. Mais à l'emplacement de son reflet, sur le miroir, était écrit au rouge à lèvre : « *Gabriel* »

Un rouge à lèvre dont il connaissait bien la couleur[2]. Alors, Hans approcha lentement sa main du trait de crème rouge, y posa un doigt...

Et comprit aussitôt ce qui se passait.

* * *

Moins d'une minute après, en toute hâte et la ceinture de son pantalon encore défaite, il aidait à se relever l'étudiante qui était allée, en tremblant, se carapater dans un recoin du couloir :

---

2. Carrousel – Livre II : *Jealouzy*

— Mademoiselle, vous avez votre voiture ? Vous avez les clés avec vous ?

Elle répondit à peine d'incompréhensibles borborygmes, mais se laissa conduire jusqu'à sa voiture. Hans la plaça au volant et prit place à ses côtés en l'enjoignant d'appuyer fortement sur le champignon.

Durant le trajet qui les amenait à sortir de la ville, suivre la vallée puis traverser la forêt jusqu'à arriver à la Clinique du Schwartzberg, la jeune fille gardait des yeux exorbités fixés devant elle, les mains tremblant sur le volant.

— Plus vite, plus vite, répétait Hans à celle qui avait l'impression d'être conduite au purgatoire par le complice de Satan.

Quand la petite voiture freina devant l'entrée de la clinique, sans attendre l'arrêt, Hans avait ouvert la portière, sauté au-dehors, et grimpait d'un bond les quelques marches du bâtiment. Dans le long couloir qui s'offrait à sa vue, il ouvrait chaque porte sans ménagement, presque en les défonçant. Il passa en revue chaque chambre, chacune des salles de tous les étages jusqu'à arriver à un brancard trônant au milieu d'un bloc opératoire : une équipe médicale venait juste de recouvrir un corps sous un long linceul blanc !

Hans ne les entendit pas protester de son intrusion ; il s'avança et leva le voile sur... le visage du docteur Gabriel.

— Il vient juste de mourir, dit un médecin dans son dos, on n'a rien pu faire.

Hans s'écarta, et en désignant le corps de son ami, ordonna d'une voix sèche et d'un doigt tendu :

— Ranimez-le !

— Le ranimer ?...

— Oui, quelques secondes, mais ramenez-le à la vie.

— Jeune homme, vous êtes de sa famille ? interrogeait le médecin.

Hans se fâcha :

— On peut le dire oui, mais qu'importe... Bon sang, ranimez-le tout de suite !

— Mais monsieur, ça ne servira à rien, si tant est qu'on puisse le réveiller. Son cœur est malade, son corps est usé, vieilli par l'âge et l'alcool, vous allez le faire horriblement souffrir pour rien.

— Non, ranimez-le, je vous le dis !

Le médecin resta un instant décontenancé, mais devant l'insistance de Hans, il commanda à l'infirmière :

— Mademoiselle, donnez moi la grosse seringue là-bas, et approchez le défibrillateur. Jeune homme, je ne sais pas pourquoi je vous suis, mais je ne vous garantis vraiment rien.

L'équipe revint autour du docteur Gabriel, une piqûre lui fut faite en plein cœur, on lui appliqua un masque à oxygène et un premier choc électrique fut envoyé.

— Tout ça est ridicule, protesta le docteur en attendant la recharge des condensateurs, je vous préviens que je ne vais pas m'acharner sur un cadavre qui...

— Taisez-vous... Regardez...

* * *

Tous purent voir la poitrine du vieux docteur qui se relevait toute seule. Une autre piqûre quelques secondes plus tard, aidait Gabriel à totalement rouvrir les yeux.

Très péniblement, il reconnut son ami :

— Hans... tu es là ?

Et il lui tendit une main, lourde de toute une vie de lassitude.

— Gabriel, vous étiez en train de partir.

— Je faisais un terrible cauchemar.

— Il ne faut pas, vous allez pouvoir vous reposer, mais pas là-bas, pas en enfer.

Hans lui embrassait la main. Le docteur Gabriel respirait péniblement :

— Et où d'autre ? Où veux-tu que j'aille moi ? Qu'est-ce que je mérite d'autre ?

— Je pense que c'est au paradis que vous devez choisir d'aller.

Gabriel voulait rire, mais il toussa :

— Au paradis, avec tous ces péchés...

Il souffrait... d'un cœur qui n'en pouvait plus, d'une âme qui ne voulait plus, et d'une peur de lui-même et de tout ce qu'il était.

— Eh bien vos péchés, Gabriel, moi, je vous les pardonne, au nom du Père, du Fils et de l'Esprit.

Hans dessinait une croix sur le front de Gabriel alors que lui, le regardait encore fixement avec des yeux ouverts comme jamais il ne les avait ouverts, des yeux qui laissèrent échapper une petite larme, qui s'immobilisèrent enfin... et qui ne dirent bientôt plus rien.

« *C'est fini !* » dit le médecin qui prenait le pouls de son vieux collègue. Hans détourna le regard et ferma ses yeux, de toute façon, il n'y voyait déjà plus rien.

* * *

— Ben alors ? Mais qu'est-ce qui se passe ici ? demandait Satan sur la rive du Styx, aux côtés de l'âme du docteur Gabriel.

Sur sa barque, le passeur qui n'en était plus à un coup de la Bête près, avait pris quelques aises et se reposait sur sa perche en s'examinant ses ongles noirs.

— Attendre ? mais attendre quoi bon sang ? rouscaillait encore le Diable.

Mais des coteaux arrivait la Bête, essoufflée, mais qui paraissait satisfaite de constater que Gabriel avait accepté de retarder son départ. Elle alla se ranger directement devant lui, faisant fi des admonestations de son maître qui ne pouvait que la regarder passer :

— Mais tu es encore là toi ? Et pourquoi il n'est pas en face lui ? Que fait-il encore de ce côté ?

La Bête avait pris les mains de Gabriel dans les siennes ; ils échangèrent un regard... Et elle se recula de quelques pas.

— Mais maître, c'est peut-être parce qu'il ne veut pas traverser ! dit-elle enfin.

— Comment ça ? Tu déraisonnes, la chose est déjà entendue !

Et Satan vint se poser devant le docteur Gabriel, gonfla le torse, et en grande prestance, commença par chasser un chat de sa gorge... Pendant ce temps, la Bête glissait doucement vers la chaloupe et embarquait en toute discrétion.

— Cher Ami, clamait le Diable en ouvrant les bras. Bienvenue ! Vous savez combien c'est un honneur pour nous de vous accueillir et...

— Non je ne veux pas, interrompit la voix faible du docteur Gabriel.

— Pardon, vous dites ?

Et pour la première fois, l'âme du docteur Gabriel releva son visage :

— Je ne veux pas.

— Vous ne voulez pas quoi ?

— Je veux vivre !

Et sans attendre, il s'en retourna et remonta lentement en direction des coteaux. Satan, incrédule, ne put que le suivre avec mille manières :

— Mais docteur, c'est que nous avons une superbe place pour vous ici... Vous y serez bien, au chaud... Je peux même faire un effort pour vous garder tout près de la berge... Le paysage est agréable... Je peux aussi vous trouver des distractions... Et si vous avez quelques ennemis dans la place, je peux vous arranger tout ça... Monsieur Gabriel, revenez... Mais revenez donc !

* * *

Sur la barque que poussait le Charon sans faire de bruit, la Bête s'éloignait de la rive. Dans son dos, jaillissait la grande lumière blanche du paradis qui s'ouvrait pour accueillir l'âme du docteur Gabriel. Et quand le Diable, furieux, redescendit au bord du Styx, il tendit

un doigt vibrant de colère et usa d'une voix de tonnerre
pour se faire entendre :


*Dis donc toi là-bas, tu sais qu'on ne doit pas faire
ingérence dans le destin des hommes !
Non mais tu m'écoutes ?
C'est qui le chef ici non mais ?
Tu vois l'effet de ton Hans ?
Mmhhh ...
Celui-là décidément...
Mais dis-toi bien qu'il n'est pas éternel !
Bientôt, il ira là-haut et tu ne le verras plus,
Ou bien il viendra chez toi, et alors c'est lui qui ne
voudra plus te voir !
Non mais La Bête, tu m'écoutes oui ?
La Bêêêêête !*


Sur la rive du Styx, Satan était déjà en train de dé-
chirer son chapeau, alors que sur la barque, le passeur
rentrait la tête dans ses épaules et que, assise à la proue,
sa jolie Bête souriait.